Helga Beißner

Wohin die Wege führten

Bericht einer Vertriebenen

Helga Beißner

Wohin die Wege führten

Bericht einer Vertriebenen

Kröning Verlag Berlin

CIP-Titelaufnahme der Deutschen Bibliothek

Beißner, Helga:
Wohin die Wege führten
– Bericht einer Vertriebenen –

Helga Beißner - Kröning Verlag Berlin 1998

Erste Auflage November 1998

© 1998 Kröning Verlag Berlin
Alle Rechte vorbehalten

Satz: Kröning Verlag Berlin
Druck und Bindung: Copy Print Kopie & Druck GmbH, Berlin
Printed in Germany 1998
ISBN 3-931113-17-5

FAMILIE, HEIMAT UND KRIEG

Dieser Septembermorgen versprach in einen schönen Herbsttag überzugehen. Am Himmel zeigte sich kein Wölkchen. Die Vögel in den Bäumen der Breslauer Bärenstraße hielten ein lautstarkes Morgenkonzert ab. Im übrigen herrschte jedoch in der breiten Straße, deren Promenadenseite mit Rotdorn und Buchen bepflanzt war, noch friedliche Stille.

Am 1. September 1939 war die Mobilmachung ausgerufen und Polen der Krieg erklärt worden. Seitdem fuhren fast täglich Lastwagen mit neu einberufenen Soldaten auf der Frankfurter Straße in Richtung Westen. Die Frankfurter – zur Mitte der Stadt hin Friedrich-Wilhelm-Straße – bildete die Hauptverkehrsader Breslaus von Ost nach West. Am westlichen Ende der langen Straße lag der Flugplatz, der jetzt täglich eine Unmenge Männer aus den Einzugsgebieten um Breslau herum aufnahm. Hier wurden die frischgebackenen Soldaten aus den ankommenden Lastwagen in die großen Vögel verladen.

Auf der Frankfurter Straße, von der die Bärenstraße in Höhe des Schlachthofes als stille Seitenstraße abzweigte, riß das Band der Transportfahrzeuge kaum ab. Jeden Tag eilten wir Kinder, sobald wir das unverkennbare Geräusch der vorüberfahrenden Lastwagen hörten, an die Hauptstraße und warfen den dichtgedrängt auf den offenen Wagen stehenden Männern, die uns fröhlich zuwinkten, Grüße in Form von Blumen, Süßigkeiten und Zigaretten zu. Noch gestern hatte ich mit meinen Freundinnen lange an der Straße gestanden und den vorbeifahrenden Soldaten zugewinkt. Wir drei hatten unser Taschengeld zusammengelegt und eine große Tüte mit Süßigkeiten und Zigaretten erstanden. Nun warfen wir unsere Schätze abwechselnd in die Wagen und hatten Vergnügen daran, wenn uns die Männer Gruß- und Dankesworte zuriefen. Als von einem Wagen ein kleines Blumensträußchen zurückgeworfen wurde, steckten wir dieses rasch weg. Wir wollten es trocknen und aufheben.

Es waren aufregende Stunden für uns junge Dinger. Mit unseren dreizehn Jahren genossen wir die Abwechslung, die uns durch dieses Schauspiel der scheinbar endlosen Kolonnen vorbeifahrender Lastwagen geboten wurde, und achteten nicht auf die älteren Leute, die sich in gedankenvollem Schweigen zurückhielten.

Wie jeden Morgen wollte mein Vater auch an diesem friedlichen Septembertag als erster aus der Familie das Haus verlassen, bevor ich zur Schule ging. Mutter hatte den Frühstückstisch liebevoll gedeckt und sah nun im Briefkasten nach, ob vom letzten Abend noch Post darin war. Sie entnahm dem Behälter ein amtliches Schreiben und erkannte sofort, daß es sich um einen Einberufungsbefehl für Vater handelte. Bleich und wortlos legte sie ihm den Brief neben die Tasse. Er setzte sich an den Frühstückstisch und öffnete ihn. Nachdem er die Zeilen überflogen hatte, gab er das amtliche Schreiben an seine Frau weiter.

»Nun muß ich also auch in den Krieg, aber damit habe ich ja rechnen müssen. Der Termin ist sehr kurz, doch wenn ich meine laufenden Arbeiten einem Kollegen übergeben kann, schaffe ich es.«

Vater war selbständiger Maler und arbeitete zusammen mit zwei Gesellen in seinem Betrieb fleißig mit. Die anfallenden Büroarbeiten erledigte Mutter. Da er bei Kriegsausbruch wußte, daß er mit seinen 37 Jahren mit zu den ersten Zivilisten zählen würde, die ins Feld mußten, hatte er bereits keine neuen Aufträge mehr angenommen. Nun war also die Reihe an ihm. Wortlos aß er sein Frühstück und erhob sich schließlich, um in die Werkstatt zu gehen. Als er sich zu meiner noch stumm am Tisch sitzenden Mutter herunterbeugte, um ihr einen Abschiedskuß zu geben, meinte er: »Ich will jetzt noch Helga wecken und ihr sagen, daß ich in den Krieg muß.«

»Ach, laß doch das Mädchen schlafen, sie erfährt es noch früh genug«, meinte Mutter. Sie wußte genau, wie ungern ich aus dem Schlaf geweckt wurde, und wollte verhindern, daß Vater mich frühzeitig wach machte. Er bestand jedoch darauf, daß die Tochter von der einschneidenden Veränderung, die uns bevorstand, sofort Kenntnis erhalten müßte, und ging in mein Zimmer, um mich zu wecken. Ich lag zusammengerollt wie eine Katze auf dem angewinkelten rechten Arm und schlief fest.

Vater rief mich an: »Helga, wach auf, ich muß dir etwas erzählen!«

Mutter war in der Tür stehengeblieben und sah, wie ich mir verschlafen die Augen rieb und schließlich meinen Vater anblinzelte.

Endlich fragte ich: »Ja, was ist denn?«

»Helga, ich habe eben die Nachricht bekommen, daß ich in den Krieg muß!« sagte Vater und beobachtete gespannt die Wirkung seiner Worte. Leider zeigte ich mich wider Erwarten durchaus nicht beeindruckt von dieser Neuigkeit, und es geschah, was meine Mutter im stillen befürchtet hatte.

Ich sah meinen Vater strafend an und nuschelte: »Deshalb brauchst du mich doch nicht zu wecken«, drehte mich auf die andere Seite und war im Handumdrehen wieder entschlummert. Vater war sprachlos und stand einen Augenblick wie versteinert vor meinem Bett. Dann verließ er zornig das Zimmer, während Mutter nebenan in ein schallendes Gelächter ausbrach.

»Siehst du, bei Helga kann die Welt untergehen, das ist noch lange kein Grund, sie wach zu machen!« rief sie Vater lachend zu.

»Wie recht du hast«, meinte er und stimmte schließlich in das Gelächter seiner Frau mit ein. Er erinnerte sich nun auch wieder daran, daß ich die größte Schlafmütze weit und breit war und als kleines Mädchen große Schwierigkeiten hatte, rechtzeitig zur Schule zu kommen. Er war mir nicht mehr böse, und als ich mich abends bei ihm für mein Verhalten entschuldigen wollte, nahm er mich in die Arme und sagte, daß er mir diesen Vorfall schon längst verziehen hätte. Die wenigen Tage, bis Vater weg mußte, waren so sehr mit Arbeit ausgefüllt, daß sie wie im Fluge vergingen.

Vater war der jüngste von vier Brüdern und hatte schon als Kleinkind Tuberkulose. Für seine Mutter, die Witwe wurde, als Vater gerade fünf Jahre alt war, war er ein rechtes Sorgenkind, ganz im Gegensatz zu den drei anderen Jungen. Als Vater mit vierzehn Jahren die Schule verließ, war er noch so klein und zart wie ein Achtjähriger. Der Arzt riet seiner Mutter, den Jungen einen Beruf erlernen zu lassen, bei dem er viel Bewegung in frischer Luft hätte. So kam es, daß er Maler werden wollte.

Nach Antritt der Lehre mußte er manchen Spott über sich ergehen lassen. Wenn er mit seinem Werkzeugwagen durch die Straßen fuhr, wurde er wegen seiner Größe von älteren Schulkindern gehänselt. Er machte sich jedoch nicht viel daraus, und wenn es ihm zu bunt wurde, ließ er den Wagen mit Eimern und Leitern einfach am Straßenrand stehen und prügelte sich mit den Jungen. Seine Brüder hatten ihn in dieser Richtung gut trainiert, und er war bei den Straßenschlachten selten der Unterlegene. Mit der Zeit gewöhnten sich die Schulbuben an ihn, und da sie vor seinen Fäusten Respekt hatten, ließen sie ihn schließlich zufrieden.

Mit sechzehn Jahren hatte er einen enormen Wachstumsschub. Von jetzt an war er äußerlich von keinem Jungen seines Alters zu unterscheiden. Auch gesundheitlich hatte er keine Probleme mehr. Nur ab und zu überkam ihn ein Heißhunger, und er konnte kaum aufhören zu essen. Doch er behielt dabei seine schlanke Figur, und der Arzt versicherte meiner Großmutter, daß diese Anfälle vorbeigehen würden, je älter er würde.

Der gewählte Beruf gefiel ihm sehr, und sein Meister förderte ihn wie einen Sohn. So kam es, daß er schon in verhältnismäßig jungen Jahren eine eigene Werkstatt aufbaute. Meine Mutter, die er bereits mit 22 Jahren heiratete, als sie gerade achtzehn geworden war, unterstützte ihn nach Kräften bei der Verwirklichung seiner Pläne.

Die drei Brüder Vaters und alle wehrfähigen Männer aus unserem Verwandten- und Bekanntenkreis erhielten ebenfalls ihre Gestellungsbefehle und mußten Soldaten werden. Vater schrieb uns von seiner Ausbildungskompanie, die sich an der westpolnischen Grenze befand, regelmäßig Briefe. Mutter wurde, da sie noch jung war und nur ein Kind hatte, zum Kriegsdienst in einer Uniformfabrik verpflichtet.

Ich war das geworden, was man heute ein „Schlüsselkind" nennt. Sehr vielen meiner Schulkameradinnen erging es nicht besser. Wenn ich mittags aus der Schule kam, bereitete ich das Essen vor, das Mutter am Tag vorher mit mir besprochen hatte, damit es pünktlich fertig war, wenn Mutter von der Arbeit nach Hause kam. Zwischendurch wurden die Hausaufgaben für die Schule erledigt. Da ich mit dem Lernen keine Schwierigkeiten hatte, benötigte ich dafür nicht viel Zeit.

An jedem Mittwoch- und Samstagnachmittag hatte ich Dienst bei den Jungmädchen, der politischen Jugendgruppe, der jedes Mädchen vom zehnten Lebensjahr an beitreten mußte. Die Jungen kamen zu den „Pimpfen", der ebenfalls von der Partei unter dem Sammelbegriff „Hitlerjugend" geprägten Jugendgruppe. Erst als ich Schaftführerin, das heißt Leiterin der kleinsten Gruppe mit zwölf Mädchen, wurde, begann ich, Spaß an den Zusammenkünften des Jugendbundes zu haben. Im zweiten Kriegsjahr wurde ich bereits zur Scharführerin befördert und konnte nun mit meinen etwa 35 Mädchen die Heimstunden weitgehend selbständig gestalten. Da ich im Grunde ein unpolitischer Mensch war, trieben wir an schönen Tagen viel Sport im Freien auf der schönen Jahnwiese, gingen schwimmen im nahegelegenen Coseler Waldbad oder wanderten in der herrlichen Umgebung an der Oder entlang. Im Winter wurde an den Oderbergen Schlitten gefahren oder auf dem zugefrorenen Stadtgraben in der Innenstadt Schlittschuh gelaufen. An Regentagen veranstalteten wir lustige Heimnachmittage mit Singen und Scharaden in unserem Gemeinschaftsraum.

Schon im Herbst begannen wir für den Weihnachtsbasar, der jedes Jahr auf dem Schloßplatz abgehalten wurde, Spielsachen zu basteln. Wir sägten aus Sperrholz, das wir für wenig Geld kaufen konnten, mit der Laubsäge nach Vorlagen Bauern- und andere Möbel für Puppenstuben, die aus Kisten gebastelt wurden. Ganze Bauernhöfe mit Federvieh, Pferd und Gespann, Stall, Wohnhaus usw. wurden hergestellt. Aber auch kleine Dinge wie Hampelmänner, Wandbilder, Kasperlepuppen, stabile Gespanne zum Nachziehen und Wachstuchtiere für Kleinkinder wurden gebastelt. Mit Vaters Einverständnis durfte ich seine Vorräte an Farben und Tapeten aus der Werkstatt verwenden. Wir waren alle mit Eifer dabei und opferten viel Freizeit für diese Arbeiten, die ja zu Hause fertiggestellt wurden. Jedes Mädchen brachte Arbeitsmaterial mit, und so konnten wir, wenn der Weihnachtsbasar stattfand, in unserem Verkaufspavillon große Regale mit Spielzeug vollstellen. Unsere Erzeugnisse wurden uns förmlich aus den Händen gerissen, da es in den Geschäften kaum noch Spielsachen zu kaufen gab. Der Verkaufstag war, besonders in den letzten Kriegsjahren, anstrengender als die ganze Weihnachtsbastelei. Wenn wir jedoch unsere Kasse beim Roten Kreuz abgeben konnten, waren wir stolz auf den Erlös.

So waren meine Tage mit der Erledigung der großen und kleinen Pflichten ausgefüllt. Auf diese Weise kam ich auch allmählich über den Verlust meines Bruders hinweg, der zwölfjährig – drei Jahre vor Kriegsausbruch – während einer Epidemie an Rachendiphterie gestorben war. An meine jüngere Schwester, die wir im Alter von zwei Jahren durch eine Hirnhautentzündung verloren hatten, konnte ich mich nicht mehr erinnern. Meinen Bruder jedoch vermißte ich sehr. Mutter neigte seit dem Tode meines Bruders zu Schwermut, und nur noch selten kam ihr früheres lustiges Naturell zum Vorschein. Vater, der es am besten verstand, sie aufzuheitern, fehlte ihr sehr.

Mich wollte Mutter am liebsten nur um sich haben aus Angst, daß ihrem einzigen noch verbliebenen Kind etwas zustoßen könnte. Ich fühlte mich dadurch eingeengt, zumal ich die Zusammenhänge nicht begriff. Doch da ich meine Mutter liebte, fügte ich mich, ohne daß mir dabei bewußt wurde, wie ich mich allmählich aus einem lebensbejahenden, übermütigen Kind in ein stilles, nachdenkliches junges Mädchen verwandelte. Die äußeren Umstände erlaubten ohnehin keine Eskapaden, und nun hatte auch ich begriffen, was Krieg bedeutete, und bangte zusammen mit Mutter um das Leben meines Vaters. Zum Glück hatte ich eine „Busenfreundin", mit der ich durch dick und dünn gehen konnte. Als meine langjährige Freundin Ruthel vor unserem letzten Realschuljahr 1943 mit den Eltern und Brüdern nach Posen zog, war ich untröstlich. Meine Mutter merkte, wie ich unter der Trennung litt, und riet mir: »Such dir eine neue Freundin, Kind. Du wirst während deines ganzen Lebens immer wieder Trennungen hinnehmen und überwinden müssen. Dabei hilft es dir nicht, Trübsal zu blasen.«

Mutter hatte ja recht, und ich sah das auch ein, doch eine Intimfreundin, wie es Ruthel für mich war, ließ sich nicht gleich wieder finden. Wir hatten immer zusammengesteckt, wenn wir etwas Freizeit hatten, und unsere Schulängste und -freuden, unsere neuen Erfahrungen, daß sich nun auch Jungen für uns interessierten, und die vielen Fragen der körperlichen Reife miteinander geteilt. Wir probierten gemeinsam Cremes gegen Pickel aus, verschönerten uns mit Hilfe der Kosmetika von Ruthels Tante, tauschten unsere Pullover und hatten auf dem verspäteten Heimweg vom Schwimmen im Sommer und vom Schlittschuhlaufen im Winter gemeinsam Herzklopfen wegen der Schelte, die uns von unseren Eltern erwarten würde. Nun war sie nicht mehr hier, und unsere Briefe wurden kürzer und kürzer. Ruthel mußte sich auf ihre neue Umgebung und Schule einstellen, und ich konnte das, was mich bewegte, unmöglich zu Papier bringen.

Glücklicherweise ergab sich dann in kurzer Zeit eine neue Freundschaft. Inge, meine Banknachbarin, hatte Schwierigkeiten in Mathematik, während sie die beste Schülerin in Fremdsprachen war.

»Hast du nicht Lust, mit mir zusammen Mathe zu üben? Du verstehst doch immer alles, was wir lernen sollen, und für mich sind das einfach böhmische Dörfer«, fragte sie mich eines Tages, nachdem sie morgens wieder einmal die Auflösung der Aufgaben abgeschrieben hatte.

»Warum nicht?« antwortete ich. »Wir können es ja zusammen versuchen.«

Wir verabredeten uns also für diesen Nachmittag, und ich ging, nachdem ich für Mutter eine Notiz hinterlassen hatte, mit meinen Matheaufgaben zu Inge. Aus dieser Zusammenarbeit entwickelte sich eine neue Freundschaft, als wir feststellten, daß uns viele gemeinsame Interessen verbanden. Wir liebten beide Bücher und Theater, lange Spaziergänge und tiefschürfende Gespräche. So kam es, daß wir von nun an bald unsere karge Freizeit zusammen verbrachten und etwas Interessantes unternahmen. Inge erging es zu Hause ähnlich wie mir.

Ihre verwitwete Mutter war berufstätig. Als einzige Tochter fühlte sie sich an Haus und Mutter gebunden und unternahm – wie auch ich – an den Sonntagen etwas mit ihr zusammen. Sie wohnte zwar in einem anderen Stadtteil Breslaus, war jedoch mit der Straßenbahn, für die ich eine Monatskarte hatte, leicht zu erreichen. Wir waren nun jede freie Minute zusammen, und wenn das Sonntagswetter nicht den Vorstellungen unserer Mütter entsprach, trafen wir zwei uns, um bei Sturm und Regen oder Schnee ausgedehnte Spaziergänge zu unternehmen. Es ließ sich wunderbar dabei über Gott und die Welt reden.

Leider war es sehr schwer, freie Karten für Theaterbesuche zu bekommen. So fuhren wir manchmal nach der Schule sofort in die Stadt und stellten uns abwechselnd in der langen Reihe vor der Theaterkasse an, um noch Plätze zu ergattern. Oft standen wir vergeblich, und die Karten waren ausverkauft, wenn wir vor der Kasse standen. Doch wenn es klappte, freuten wir uns die ganze Woche auf diesen Abend, der dann auch jedesmal ein Erlebnis wurde.

Als sich unsere Schulzeit dem Ende entgegenneigte, machten wir uns Gedanken über unseren künftigen Beruf. Inge wollte Buchhändlerin werden und hatte schon den Lehrvertrag bei einer renommierten Buchhandlung in der Innenstadt unterschrieben. Ich wollte Drogistin werden und hätte in der Theaterdrogerie Liebig anfangen können, mußte jedoch zunächst noch für ein Jahr in den Arbeitsdienst. Inge war wegen einer Anämie, an der sie seit ihrer frühesten Kindheit litt, befreit worden und konnte die Lehre nach Schulabschluß sofort beginnen. Nun stand uns also die Trennung bevor, doch wir machten schon Pläne für die Zeit nach meinem Arbeitsdienstjahr.

Vater war inzwischen zu den 110er Pionieren gekommen und hatte den Schluß des 18-Tage-Krieges gegen Polen miterlebt. Er wurde zum Besatzungsdienst nach Warschau, das von den Russen, die vom Osten her in Polen einmarschiert waren, geräumt worden war, eingeteilt. Schließlich wurde seine Kompanie bis zum Bug vorgeschoben. Dieser Fluß bildete die Grenze zwischen der deutschen und der russischen Besatzungszone Polens. Während die Deutschen am Westufer des Bugs Quartier bezogen, nisteten sich die Russen am Ostufer des Flusses ein. Es kam nicht selten vor, daß deutsche Soldaten mit ihren russischen Verbündeten zusammentrafen und mit Händen und Füßen ein kleines Schwätzchen hielten. Die Sprache wurde als Verständigungsmittel nicht unbedingt benötigt.

Im April 1940 bekam Vater seinen ersten Urlaub. Seine Schwiegermutter war gestorben, und er erhielt zur Beerdigung einen kurzen Sonderurlaub. Am Vorabend seiner Rückfahrt zur Truppe saßen wir im Dämmerlicht des gemütlichen Wohnzimmers, und Vater erzählte uns einige Erlebnisse aus dem kurzen Krieg. Ich war eng an Vater gerückt und lauschte voller Spannung seinem Bericht über eine im nachhinein amüsante Begebenheit.

Während seiner ersten Tage als Soldat mußte er zusammen mit einem Kameraden Wache stehen. Die Stellung befand sich in einem Schützengraben. Als beide nach einem kurzen Kontrollgang in entgegengesetzte Richtungen zurückkehrten, fanden sie weder die in der Unterkunft zurückgelassenen Kleidungsstücke noch die Verpflegung vor. Vater meldete den Verlust sofort bei dem Vorgesetzten, während sein Kamerad weiter Wache hielt. Noch als Vater dabei war, seine Meldung abzugeben, wurde die Tür aufgerissen und zwei Kameraden stürmten freudestrahlend in den Raum, um „Feindbeute" abzuliefern. Sie waren nicht wenig erstaunt, als sich herausstellte, daß sie die Stellung der eigenen Kameraden „gestürmt" hatten. Wie Vater erzählte, war diese Verwechslung durch die unzureichende Ausbildung und zusammengesuchte Kleidung der neuen Soldaten für den Kurzkrieg möglich geworden. Doch mit dem Improvisieren war es dann auch bald vorbei.

Wir genossen diesen letzten Urlaubsabend, und erst als es dunkelte und das Licht angedreht wurde, verabschiedete ich mich von meinen Eltern und ging in mein Zimmer. Am nächsten Tag, als ich aus der Schule kam, war Vater wieder weg. Wir hofften jedoch, daß der Krieg nun bald zu Ende sein würde, denn er sollte ja nur gegen Polen geführt werden. Wie sehr hatten wir uns geirrt!

Im Mai des gleichen Jahres wurde Vater nach Frankreich versetzt. Er bekam dort einen herrlichen Posten als Bademeister an der Sommé. Vater konnte ausgezeichnet schwimmen. Als junger Mann hatte er längere Zeit in Danzig bei seinen Verwandten gelebt. Onkel Richard, der Bruder seines früh verstorbenen Vaters, und Tante Emma, die Schwester seiner verwitweten Mutter, betrieben in Danzig eine Hutfabrik. Da sie der jungen Witwe helfen wollten, hatten sie vorgeschlagen, jeweils einen der Söhne für drei Jahre zu betreuen. Als Vater seine Malerlehre beendet hatte, war also die Reihe an ihm, zu Onkel und Tante nach Danzig zu gehen. Er half zunächst, wie auch seine Brüder, in der Fabrik an allen möglichen Arbeitsplätzen und kam im letzten Jahr zu Onkel Richard ins Kontor. Auf diese Weise erhielt er ein unschätzbares Rüstzeug für seinen späteren Lebensweg. Während des Sommers verbrachte er seine Freizeit mit seinen Cousinen und Freunden am Wasser. Er hatte bereits zusammen mit seinen Brüdern in Breslau die Oder erobert. Die Jungen machten sich beim Schwimmen einen großen Spaß daraus, auf die vorbeifahrenden Oderkähne zu klettern und, wenn sie entdeckt wurden, mit einem weiten Sprung ins Wasser zu hechten. Das war ein äußerst gefährlicher und verbotener Sport, doch gerade das Verbot reizte wohl die Jungen.

Als Vater in Danzig war, schloß er eines Abends mit seinen neuen Freunden eine Wette ab, daß er aus dem Krantor ins Wasser springen würde. Wie er uns Kindern später erzählte, hatte er es tatsächlich geschafft, auf verschlungenen Wegen in den Speicher zu kommen und aus dem oberen Tor ins Wasser zu springen. Er hatte zwar die Wette gewonnen, bekam jedoch von Onkel Richard, der von diesem Abenteuer erfahren hatte, acht Tage Hausarrest.

Jedenfalls war Vater im Wasser in seinem Element, und das kam ihm nun in Frankreich als Soldat zugute. Leider war die schöne Zeit an der Sommé bald wieder vorbei, und er wurde zusammen mit seinen Kameraden für die Einrichtung eines Munitionslagers in Calais abgestellt. Er blieb dort bis zum Oktober 1940.

Eines Tages flüsterte man in seiner Kompanie hinter vorgehaltener Hand: »Jetzt sollen wir nach England übersetzen.« Tatsächlich kam Vater mit seinen Kameraden in das von den Deutschen besetzte Holland nach Rotterdam. Sie mußten dort Proviant auf Schiffe verladen, und es fielen einige Leckereien wie Schokolade, Fischkonserven und anderes für die Soldaten ab. Vater sandte uns diese Kostbarkeiten nach Hause, und wir genossen die Bereicherung unseres mageren Speisezettels.

In Deutschland waren inzwischen Lebensmittel und Kleidung rationiert worden. Gegen Bezugsscheine erhielten wir die nötigsten Dinge, die zum Leben gebraucht wurden. Luxusartikel waren für den Normalverbraucher nicht einmal mehr zum Anschauen da. Leider blieb der unverhoffte Segen aus Holland schon bald wieder aus, denn das „Unternehmen England" wurde zum Glück nicht durchgeführt. Vater durfte mit seiner Truppe im Frühjahr 1941 für einige Tage nach Deutschland in die

Lutherstadt Wittenberg umziehen. Hier besuchte Mutter ihn am Wochenende, bevor er wieder in den Osten mußte. Das Bataillon bezog an der Stelle des Bugs Position, an der Vater im Jahr zuvor als Pionier Dienst getan hatte. Die Russen lagen noch immer auf der anderen Seite des Bugs. Am Abend des 21. Juni 1941 wurden die Soldaten zusammengerufen. In einem widersprüchlichen Vortrag erklärte man ihnen, daß in Rußland „eine Revolution" ausgebrochen sei und man den Verbündeten helfen wolle. Am nächsten Tag begann der Krieg gegen Rußland, und die alten Freunde jenseits des Bug wurden Feinde. An ein baldiges Ende des 1939 begonnenen Krieges war nicht mehr zu denken.

Wir hatten Vater seit Ostern 1941, als er für meine Konfirmation einen Kurzurlaub erhalten hatte, nicht mehr gesehen und sollten nun für längere Zeit von ihm getrennt bleiben. Seine Kompanie gehörte zur motorisierten Infanterie, und es gab bei den Kämpfen mit den Russen die ersten Toten und Verwundeten in ihren Reihen. Die Truppe drang über Kiew nach Charkow vor. Hier mußten die Soldaten in Privathäusern Winterquartier beziehen.

Der Winter 1941/42 war sehr kalt. Auch in Breslau wurde das Heizmaterial knapp, und die Bevölkerung wurde aufgerufen, noch mehr als bisher an Heizungsmitteln und Strom zu sparen. Wir gewöhnten uns daran, das Licht sofort auszudrehen, wenn wir ein Zimmer verließen, selbst wenn dies nur für kurze Zeit geschah. Lampen wurden erst dann angezündet, wenn die Dunkelheit keine andere Wahl mehr ließ.

An den Innenseiten der Fenster mußten dichte schwarze Rollos angebracht werden, damit kein Lichtschein auf die Straße fallen konnte. Sämtliche Straßen in ganz Deutschland waren wegen der drohenden Bombenfliegergefahr tief verdunkelt. In einigen Straßenlaternen waren blau angestrichene Glühbirnen eingeschraubt, die ein trübes Licht abstrahlten und bei Fliegeralarm ganz verlöschten. Es war streng verboten, nach dem Aufheulen der Sirenen auch nur eine Zigarette auf der Straße zu rauchen. Jeder mußte dann sofort einen Schutzraum aufsuchen. Die Straßenbahnen fuhren mit trübem Geisterlicht ihre Strecken ab. In den Straßen der Stadt herrschte nachts ein gespenstisches Bild, so daß wir dann schon lieber daheim blieben.

Um Strom und Kohlen zu sparen, gingen wir früh zu Bett. Für die nötige Wärme sorgte eine mit warmem Wasser gefüllte Gummiflasche, die wir in unsere Betten legten, denn im Schlafzimmer wurde natürlich nicht geheizt. Wenn dann draußen der Schneesturm tobte und der Wind ums Haus heulte, fühlte ich mich in Vaters Bett neben Mutter geborgen. Während der Abwesenheit Vaters schlief ich mit Mutter zusammen in den Ehebetten. Mein Zimmer war ebenso kalt wie das Wohnzimmer, und nur in der Küche, in der wir uns tagsüber aufhielten, verbreitete der gemütliche Kachelofen eine angenehme Wärme.

Es hatte lange gedauert, bis ich mich an die totale Finsternis im Schlafzimmer gewöhnt hatte. Oft schreckte ich nachts aus den Träumen auf und fand mich am Fußende des Bettes wieder. Bei Vollmond passierte es auch, daß ich mit meinem Federbett unter die Ehebetten gekrochen war, wo Mutter mich am nächsten Morgen wieder hervorholen mußte. Ich konnte mich an nichts erinnern.

Ende März 1942 wurde es endlich wieder wärmer, und mit den ersten Sonnenstrahlen kam auch neuer Lebensmut zurück. Selbst die Schule machte wieder Spaß. Es war, als wenn wir alle aus dem Winterschlaf erwachten. Wir gingen unseren Pflichten nach, zu denen für uns Schulkinder noch das Einsammeln von alten Zeitungen und Silberpapier kam. An bestimmten Tagen mußten wir unsere Schätze abgeben, die gewogen wurden. In einer großen Liste trug eine Schülerin hinter unseren Namen die gesammelte Menge ein, und einmal im Jahr wurden die fleißigsten Sammlerinnen mit einem Buchpreis belohnt und öffentlich belobigt. Ich gehörte leider nie zu diesem privilegierten Kreis, doch das machte mir auch nichts aus.

Mein Vater, der zur 6. Armee gehörte, mußte das Winterquartier verlassen und weiter ostwärts ziehen. Die Kämpfe nahmen an Stärke zu. Die Verluste unter den Soldaten wurden größer und größer, und auch die Zivilbevölkerung in der Heimat hatte viele Tote zu beklagen.

Die motorisierte Einheit, zu der mein Vater gehörte, lag vor Stalingrad in Lippolokowsk. Eines Tages, es war im Oktober 1942, wurde Vater dazu abkommandiert, mit einem Planwagen aus einem Nachbarort Benzin herbeizuschaffen. Er bekam einen achtzehnjährigen russischen Jungen, der seine Angehörigen verloren hatte und jetzt mit den deutschen Soldaten mitzog, als Begleiter. Der Junge fühlte sich bei den Deutschen, die es gut mit ihm meinten und ihm kleinere Aufgaben übertrugen, wohl und hatte schon einige Worte deutsch sprechen gelernt.

Die beiden zogen sich also warm an, denn es war dichter Schnee gefallen, schirrten das Pferd vor den Wagen, und dann ging es los. Nach einigen Kilometern Fahrt kamen ihnen von weitem Panzer entgegen. Vater, der etwas kurzsichtig war, aber trotzdem keine Brille tragen wollte, fuhr schnurstracks auf die Panzer zu in der Annahme, daß es sich um Kameraden handeln würde.

Da fiel ihm plötzlich sein Gefährte in die Zügel und rief ängstlich: »Ruski Soldat, nicht Germanski Soldat!«

Er zeigte aufgeregt auf die Panzer vor sich und versuchte, Vater an der Weiterfahrt zu hindern. Dieser glaubte jedoch nicht, daß sich hier in der Nähe der deutschen Stellungen russische Panzer aufhalten würden, und gab sich Mühe, den Jungen zu beruhigen. Der junge Russe wurde trotzdem immer aufgeregter und ängstlicher, und als beide noch verhandelten, wer von ihnen wohl recht habe, wurde aus einem Panzer auf sie geschossen. Nun war auch Vater überzeugt, und sie versuchten schleunigst, den Wagen zu wenden. Als sie ihr Pferd herumrissen, wurde es von einem gezielten Schuß aus einem Panzer getroffen und sank in den Schnee, der sich blutrot färbte. Blitzschnell ließen sich Vater und der Junge seitwärts vom Wagen in den Schnee gleiten und rollten den Straßengraben hinunter, an dem sie entlanggefahren waren. Die Panzer schossen weiterhin auf den Planwagen, während die beiden so schnell sie konnten über ein kurzes Feld rannten und im dichten Unterholz eines kleinen Wäldchens verschwanden. Erst dort fühlten sie sich erleichtert.

Sie waren völlig außer Atem, und der junge Russe zitterte vor Angst am ganzen Körper. Er glaubte, nun würde sich der deutsche Soldat an ihm rächen und ihn erschießen, damit er ungehindert weiterlaufen könnte. Vater dachte nicht im Traum daran, dem Jungen etwas zu tun oder ihn im Stich zu lassen. Endlich gelang es ihm, den Jungen zu beruhigen, indem er immer wieder abwechselnd auf sich und auf ihn zeigte und sagte: »Du Kamerad, ich Kamerad!«

Gemeinsam versuchten sie dann, so rasch wie möglich eine deutsche Einheit zu erreichen. Sie mußten jedoch sehr vorsichtig sein, denn nun wußten sie, daß sich im näheren Umkreis Russen befanden. In dem einsamen unbekannten Schneegebiet konnten sie sich nicht orientieren, und so schlichen sie wachsam in der Richtung zurück, aus der sie ihrer Meinung nach am Morgen aufgebrochen waren. Endlich, in der Abenddämmerung, landeten sie erschöpft in einer deutschen Stellung. Vater erzählte von seinem Auftrag und daß sie unterwegs von russischen Panzern beschossen worden wären. Als er merkte, daß man ihm nicht glaubte, gab er seinen Versuch, die Kameraden zu überzeugen, auf. Am nächsten Tag wurden beide zu ihrer nahegelegenen Einheit zurückgebracht, und hier stellten sie mit Verwunderung fest, daß sie sich im Kreis bewegt hatten. Der Junge wurde von Vater getrennt und kam an einen anderen Standort.

Inzwischen war die russische Front doch, was keiner für möglich gehalten hatte, bedenklich nähergerückt. Wie sich später herausstellte, hatten die Russen die 6. Armee bei Stalingrad eingekesselt. Es war kaum noch ein Entkommen aus dem Kessel möglich. Der Ring zog sich enger und enger zusammen. In den deutschen Stellungen im Innern des Kessels herrschte Aufregung, als man sich der Lage bewußt wurde, doch jeder klammerte sich an die Hoffnung, daß es den Deutschen gelingen würde, den Kessel von außen zu durchstoßen und den Eingeschlossenen zu Hilfe zu kommen.

Vater nahm von der Tragödie um Stalingrad nichts mehr wahr. Er hatte nach seiner Rückkehr von dem Unternehmen hohes Fieber bekommen und wurde, wie er später erfuhr, mit einem der letzten Flugzeuge aus dem

Gebiet um Stalingrad in das Feldlazarett Schachti geflogen. Die Diagnose lautete „Fleckfieber". Er war durch diese tückische Krankheit mit knapper Not dem sicheren Untergang in Stalingrad entkommen. Seine Kameraden, die in dem Kessel zurückgeblieben waren, überlebten den Ansturm der Russen nicht.

Während der nächsten drei Wochen war Vater bewußtlos und stand am Rande des Grabes. Eine Krankenschwester gab uns von seinem Zustand Nachricht. Wir machten uns große Sorgen um ihn, als wir hörten, wie hoch die Sterbequote bei Fleckfieberkranken war. Später erfuhren wir, daß Vater während seines Deliriums am Bett festgeschnallt werden mußte. Er wollte im Fieberwahn in den Schnee hinauslaufen und nach Hause gehen. Wenn er etwas ruhiger war, lag er im Bett und telefonierte ununterbrochen mit Frau und Tochter. Er hatte großes Glück, daß er einen aufopferungsvollen Krankenpfleger fand, der keine Mühe scheute, ihn wieder gesund zu pflegen.

Als Vater zum ersten Mal die Augen aufschlug und seine Umgebung verschwommen wahrnehmen konnte, sah er in das ihm bekannte Gesicht des russischen Jungen, mit dem er Benzin hatte holen sollen. Er saß am Bett und blickte den Kranken sorgenvoll an. Obwohl Vater unfähig war, sich Gedanken darüber zu machen, warum er hier lag und wie der Junge hierher kam, freute er sich, als er das vertraute Gesicht vor sich sah. Auch die Miene des Russen hellte sich auf, und er fiel Vater freudestrahlend um den Hals, dann hatte die Nacht ihn wieder. Aber die Krise war überstanden, und allmählich kam der Kranke wieder zu Kräften. Nun erfuhr er auch, daß der Junge seinerzeit sofort nach ihrer Rückkehr zum Standort in dieses Lazarett gekommen war, um den total überforderten Sanitätern bei der Pflege der vielen Verwundeten und Kranken zu helfen. Eines Tages hatte er Vater hier entdeckt und verbrachte von da an jede freie Minute an dessen Bett, um die Genesung zu überwachen. Vater war davon überzeugt, daß er es diesem Jungen zu verdanken hatte, daß er die schwere Krankheit überlebte, denn das Lazarett quoll über von Schwerkranken, und dem Personal war es einfach unmöglich, sich intensiv um einzelne Fälle zu kümmern.

Vater schrieb nun regelmäßig, wenn auch noch zitterig, nach Hause, und eines Tages im Frühling des Jahres 1943 stand er plötzlich vor der Tür. Diese überraschende Heimkehr hat Mutter im wahrsten Sinne des Wortes die Sprache verschlagen. Einen Tag vorher hatten wir noch Post von dem Kranken bekommen. Darin erfuhren wir, daß er jetzt zum ersten Mal aufstehen durfte, um einen kleinen Spaziergang im Garten zu machen. Der Brief war lange unterwegs gewesen, und wir waren glücklich über diese Neuigkeit. Mit keinem Gedanken dachten wir daran, daß die Genesung inzwischen weiter fortgeschritten war, und sahen Vater noch im Anfangsstadium seiner neu geschenkten Gesundheit.

Als Mutter an diesem Mittwoch von der Arbeit nach Hause kam – ich war schon zum „Jungmädchendienst" weggegangen – rief ihr die Nachbarin aus dem oberen Stockwerk zu: »Frau Fink, kommen Sie doch mal zu mir herauf! Ich habe mir auf Bezugsschein einen Kleiderstoff gekauft, den ich Ihnen zeigen möchte.«

Mutter, die von der Arbeit abgespannt war und sich auf den Feierabend freute, legte keinen großen Wert darauf, jetzt den neuen Kleiderstoff der Nachbarin zu bewundern.

»Ich möchte mich gern etwas ausruhen, Frau Klemenz, und komme heute abend zu Ihnen hinauf«, antwortete sie.

Sie schloß ihre Wohnungstür auf. Doch Frau Klemenz war hartnäckig und kam zu ihr heruntergelaufen.

»Ach, kommen Sie doch. Es dauert ja nur ein paar Minuten, dann können sie wieder hinuntergehen. Ich möchte gern wissen, wie Ihnen der Stoff gefällt«, bohrte sie weiter.

Da Mutter die Nachbarin nicht verärgern wollte, stellte sie seufzend ihre Tasche ab und stieg die Treppe hinauf. Sie folgte Frau Klemenz in die Küche. Am Spülstein, der sich rechts am anderen Ende der Küche neben dem Fenster befand, stand ein Soldat und wusch sich das Gesicht.

»Das ist ein guter Bekannter von uns«, stellte die Nachbarin ihn vor, und Mutter grüßte freundlich. Der Soldat, der gerade sein Gesicht voller Seifenschaum hatte, wandte sich nicht um und beantwortete den Gruß nicht.

Mutter dachte: »Was ist das nur für ein unhöflicher Mensch?« und fragte Frau Klemenz: »Nun, wo haben Sie den neuen Stoff? Ich kann mich nicht lange aufhalten. Meine Tochter wird bald nach Hause kommen, und dann möchte ich das Essen fertig haben.«

»Bitte setzen Sie sich einen Moment, ich hole den Stoff sofort«, sagte Frau Klemenz.

Dabei wies sie auf einen Stuhl, der am Küchentisch stand und verschwand im Schlafzimmer. Mutter setzte sich. Sie fühlte sich allein in der Gegenwart des schweigsamen, mit sich selbst beschäftigten Unbekannten zwar nicht besonders wohl, aber die Nachbarin mußte ja gleich wiederkommen.

Der Soldat hatte seine gründliche Reinigung inzwischen offenbar beendet und drehte sich halb nach Mutter um. Diese sah im gleichen Augenblick in seine Richtung, und im selben Moment dachte sie, ihr Herz bleibt stehen. Sie war nicht fähig aufzustehen oder auch nur ein Wort herauszubringen. Der unerwartete Anblick des eigenen Mannes, den sie noch im Lazarett wähnte, löste bei ihr einen Herzanfall aus. Sie wurde rot im Gesicht und japste nach Luft. Vergeblich versuchte sie, Worte zu formen. Vater – der unbekannte Soldat – stürmte auf sie zu, packte sie und legte sie auf die Couch, die in der Wohnküche an der Wand hinter dem Tisch stand. Die Nachbarin eilte aus dem Nebenraum herbei, setzte sich neben Mutter, öffnete den Kragen ihres Kleides und hielt dann ratlos ihre Hand. Vater rannte so schnell er konnte nach unten in die Wohnung und holte die Herzmedizin seiner Frau aus dem Schränkchen. Mit zitternden Händen zählte er einige Tropfen ins Wasserglas und flößte die Flüssigkeit seiner Frau ein. Nach einiger Zeit beruhigte Mutter sich, und es dauerte danach nicht mehr lange, bis sich auch ihre Sprache wieder einstellte. Alle waren heilfroh, und Vater schwor sich nach diesem Zwischenfall, seine Frau nie wieder überraschen zu wollen.

Als ich abends nach Hause kam, war die Freude über die unerwartete Rückkehr meines Vaters groß. Von der Herzattacke meiner Mutter erfuhr ich erst Tage später. Leider durfte der Urlauber, der sich auf der Durchreise zum Genesungslazarett in Schlawe/Pommern befand, nur zwei Tage daheim bleiben, dann mußte er wieder fort. Zuvor erzählte er uns jedoch noch eine Episode aus seinem Soldatenleben. Das war für mich immer ein besonderes Ereignis, da er selten in meiner Gegenwart über Fronterlebnisse sprach, und wenn, dann nur über amüsante Begebenheiten.

Er hatte, wie seine Kameraden auch, in Rußland sehr unter Hunger zu leiden, da der Nachschub nicht so klappte, wenn die Truppen vorrückten. Eines Tages fand er auf dem Vormarsch ein Kochgeschirr. Da niemand Anspruch darauf erhob, behielt er es. Nachdem einige Tage verstrichen waren und der Hunger wieder stark an seinem Magen genagt hatte, stellte er sich kurzentschlossen mittags mit beiden Kochgeschirren vor der Gulaschkanone auf, um seine Suppe in Empfang zu nehmen.

Als er an der Reihe war, hielt er dem Kameraden von der Küche, der das Essen austeilte, beide Behälter hin und sagte: »Einmal für mich und einmal für den Fink!«

Prompt wurden ihm beide Geschirre gefüllt, und er setzte sich etwas abseits, um seine doppelte Portion voller Behagen zu verzehren. Da alles so gut gegangen war, wendete er auch in den folgenden Tagen gelegentlich diesen Trick an.

Nach einiger Zeit fragte ihn der Koch: »Sag mal, wer ist eigentlich dieser Fink?«

»Das bin ich«, antwortete Vater.

»Wie, du holst doch das Essen einmal für dich und einmal für den Fink?« fragte der Koch zurück.

»Nun ja«, machte Vater nur. Da fiel bei dem Küchenbullen der Groschen.

»So etwas ist mir in meiner ganzen Dienstzeit noch nicht passiert«, lachte er. »Ab morgen holst du also nur noch für dich das Essen, verstanden, Fink?«

Von diesem Tag an bekam Vater einen Schlag mehr ins Kochgeschirr, wenn ausreichend Essen vorhanden war.

Im September 1943 kam er zum motorisierten Festungs-Pionierbataillon 1 nach Stettin und danach in eine Genesungskompanie nach Köln. Hier mußte er Luftschutzhilfsdienste verrichten. Er sah viel Leid, das durch die fortwährenden Bombenangriffe unter der Zivilbevölkerung ausgelöst wurde, und versuchte zu helfen, wo er konnte. Nach Hause schrieb er, das Schlimmste an diesem Krieg wäre, daß die Angehörigen in der Heimat oft mehr Strapazen durchleben mußten als die Soldaten an der Front, da sie den Bomben wehrlos ausgeliefert waren. Der Krieg traf Frauen und Kinder ebenso grausam wie die Männer in den vordersten Schützengräben. Die Helfer mußten oft genug mit ansehen, wie ganze Familien innerhalb weniger Sekunden unter den Trümmern ihrer Häuser begraben wurden, während der Vater im Krieg war und seine Lieben daheim in Sicherheit wähnte.

Die Bevölkerung Breslaus war enger zusammengerückt, um Überlebende, die im Westen Deutschlands ausgebombt waren, aufzunehmen. Viele der leidgeprüften Menschen konnten nicht begreifen, daß es noch eine Großstadt gab, in der alle Häuser erhalten waren und die nur ab und zu einen Luftalarm hatte, wenn Bombenflugzeuge über sie hinwegflogen oder als Probealarm. Die Einwohner Breslaus gingen einem fast geregelten Leben nach und wußten erst durch die Anwesenheit der Evakuierten zu schätzen, wie gut es ihnen noch ging.

Die größeren Schulkinder, zu denen auch ich gehörte, mußten während der Sommerferien zu den Bauern aufs Land und vier Wochen lang Erntehilfe leisten. Obwohl die Arbeit für uns Großstadtkinder ungewohnt und teils schwer war, hatten wir Freude an der Abwechslung. Ich arbeitete den ganzen Tag draußen und hatte schon nach kurzer Zeit gebräunte Haut, sah gesund aus und fühlte mich in der Familie, bei der ich untergebracht war, pudelwohl. Durch die Arbeit an der frischen Luft entwickelte ich einen ungeahnten Appetit, und da ich mich bei meinen Wirtsleuten satt essen durfte, hatte ich, als ich nach vier Wochen wieder zu Hause war, zur Freude meiner Mutter einige Pfunde zugenommen.

Viele Jugendliche waren in Zeltlagern untergebracht und gingen tagsüber vom Lager aus gemeinsam zur Feldarbeit. Sie mußten im Lager selbst kochen und hatten es nicht ganz so gut wie die Mädchen, die im Privatquartier wohnten. Doch das Lagerleben hatte auch seine Reize. An den lauen Sommerabenden saßen alle noch zusammen, um zu singen, zu spielen oder zu handarbeiten. Für den Winter wurden Schals, Handschuhe und Socken gestrickt, die zusammen mit Lebensmitteln unseren Soldaten an der Ostfront geschickt wurden.

In diesem Sommer 1943 wurde ich von guten Freunden nach Berlin eingeladen, um dort meine restlichen Ferientage zu verbringen. Mutter hatte nichts dagegen, daß ich die Einladung annahm, und nun freute ich mich schon darauf, einmal unsere Reichshauptstadt kennenzulernen. Während der Bahnfahrt gingen mir bekannte Liedertexte wie „Das ist Berlin, Berlin, die wunderschöne Stadt" oder „Unter Linden, unter Linden" und so weiter durch den Kopf. In fiebernder Erwartung der großartigen Dinge, die ich in dieser vielbesungenen Stadt erleben würde, fuhr ich auf dem Schlesischen Bahnhof von Berlin ein, wo ich von der zwanzigjährigen Tochter unserer Freunde erwartet wurde. Unsere Eltern hatten sich in den Jahren, als Olbrichs noch in Breslau wohnten, kennengelernt und waren nun schon viele Jahre befreundet. Als Herr Olbrich, der bei der Reichsbahn angestellt war, nach Berlin versetzt wurde, gingen regelmäßig Briefe hin und her. Frau Olbrich, eine lustige, stets zu Scherzen aufgelegte resolute Frau, überfiel mich sofort mit einer Menge Fragen über das Ergehen der Eltern und gemeinsamer Bekannter. Herr Olbrich, das ganze Gegenteil seiner temperamentvollen Frau, ein ruhiger, gutmütiger Typ, saß schmunzelnd in einer Ecke des Wohnzimmers und hörte unserem Gespräch zu.

Endlich machte die Tochter dem Frage- und Antwortspiel ein Ende, indem sie den Wortschwall der Mutter unterbrach und sagte: »Komm, Helga, ich bringe dich jetzt erst einmal auf dein Zimmer, damit du dich erfrischen kannst, denn du wirst von der Fahrt abgespannt sein.«

Erst jetzt merkte ich, wie erschöpft ich mich von den neuen Eindrücken fühlte, die auf mich eingestürmt waren. Gern folgte ich also der Aufforderung. Ich erhielt das Zimmer der älteren Tochter, die inzwischen verheiratet und aus der Wohnung ausgezogen war. Ich fühlte mich bei den Freunden sofort heimisch.

Ein Freund der jüngeren Tochter, der in einem Berliner Lazarett seine Verwundung auskurierte, hatte sich für das Wochenende erboten, mit uns zusammen auf Entdeckungstour zu gehen. Die ältere Tochter, deren Mann an der Ostfront kämpfte, wollte ihr Wochenende zu Hause verbringen. In der Woche jedoch wechselten sich beide Töchter nach Büroschluß darin ab, mich durch Berlin zu führen.

So vergingen die ersten Tage, und ich hatte schon viele schöne Plätze Berlins kennengelernt. Für den Sonntag war eine Bootsfahrt auf dem Wannsee geplant. Der Freund aus dem Lazarett wollte noch einen netten Kameraden mitbringen, während wir mit Kartoffelsalat, gekochten Eiern und Pudding in Schraubgläsern für ein Picknick sorgen wollten. In der Nacht zu Sonntag ertönte plötzlich die Luftschutzsirene. Wir zogen uns rasch an, nahmen unsere Taschen und gingen hinunter in den Luftschutzkeller. In den Mietshäusern, auch in Breslau, wurde zu Beginn des Krieges in jedem Keller ein Schutzraum mit einer dicht abschließenden Feuertür ausgemauert. Dort saßen nun die Hausbewohner und lauschten ängstlich nach draußen.

In der Wohnung waren nach dem Löschen des Lichtes die Fenster geöffnet worden, wie wir es bei den Luftschutzübungen auch gelernt hatten, damit die Scheiben durch den Luftdruck, der sich bei Bombenabwürfen entwickelte, nicht zerspringen sollten. Nach einiger Zeit hörten wir, daß sich ein Pulk Flugzeuge näherte. Wir wagten vor Spannung kaum zu atmen, und obwohl ich noch keinen Luftangriff erlebt hatte, zitterte ich innerlich. Der Luftschutzwart ließ sich ab und zu blicken, um Bericht zu geben. Andere Zivilpersonen durften nicht auf die Straße. Auf einmal hörten wir ein zischendes Geräusch mit nachfolgendem lautem Knall von draußen. Ich hatte das Gefühl, daß sich die Wände bewegten. Unwillkürlich stieß ich einen Schreckensschrei aus, doch da war schon alles vorbei.

Herr Olbrich und der Luftschutzwart rannten die Kellerstufen hinauf. Nach kurzer Zeit kam er zurück und erzählte, daß einige Straßen weiter ein Haus getroffen worden sei. Er verließ den Raum sofort wieder, um auf dem Dach unseres Hauses nach Brandbomben oder Blindgängern Ausschau zu halten. Zum Glück kam es in dieser Nacht zu keinem weiteren Angriff, und als endlich die Entwarnungssirene erklang, waren wir alle erleichtert. Am nächsten Morgen wurde über Lautsprecher auf den Straßen und über den Rundfunk ein Aufruf erlassen, daß Fremde und

Frauen mit Kindern sofort die Stadt verlassen sollten, da von nun an mit pausenlosen Luftangriffen gerechnet würde. Mein Urlaub, der so fröhlich begonnen hatte, wurde abgebrochen, und ich mußte Abschied nehmen, um einige Tage früher als geplant die Rückfahrt anzutreten. Aus der Bootsfahrt auf dem Wannsee sollte nichts werden, doch das war nun auch nicht mehr so wichtig.

Liesel brachte mich mit ihrem Freund zum Bahnhof. Auf dem Bahnsteig wimmelte es von Menschen, die die Stadt verlassen wollten. Der Zug nach Breslau über Frankfurt/Oder war völlig überfüllt. Ich hatte keine Aussicht, noch irgendwo durch die Tür hineinzukommen. Ganze Menschentrauben quetschten sich auf den Trittbrettern der Waggons und hielten sich an den Haltegriffen der Türen fest. Liesel und ich standen ratlos auf dem Bahnsteig und sahen dem Menschengewimmel zu. Liesels Freund, der den Zug von vorne bis hinten entlanggelaufen war, um irgendwo ein Plätzchen für mich zu finden, rief mich, als die Abfahrtszeit des Zuges schon bedenklich nahegerückt war, kurzentschlossen vor ein offenes Abteilfenster.

Ohne viele Umstände hob er mich zusammen mit einem anderen Soldaten ans Fenster, damit ich ins Waggoninnere klettern konnte, wie ich das bei anderen Fahrgästen beobachtet hatte. Als ich richtig zur Besinnung kam, sah ich, daß ich auf dem Klapptischchen unter dem Fenster eines Abteils „für Mutter und Kind" gelandet war. Die im Abteil sitzenden Frauen zeterten, und die Kinder sahen mich mit großen Augen an. Doch daran, daß ich in dem Zug war, konnte keiner mehr etwas ändern, denn der Zug setzte sich in Bewegung, und ich mußte aufpassen, daß ich meinen Koffer auffing, der mir von draußen zugeworfen wurde. Ich entschuldigte mich bei den Frauen und verließ schnellstens das Abteil. Im Gang des Zuges bekam ich nach verständnisvollem Zusammenrücken der Mitreisenden einen kleinen Stehplatz. In Frankfurt wurde der Zug leer, ich erhielt nun einen Sitzplatz und konnte bequem bis Breslau durchfahren. Wie sich später herausstellte, war die übereilte Abreise eine richtige Entscheidung gewesen. Von nun an wurde Berlin pausenlos bombardiert, und die Menschen, die in der Stadt bleiben mußten, waren unsagbaren Strapazen und Gefahren ausgesetzt.

ARBEITSDIENST IN OBERSCHLESIEN

In diesem Jahr hatte ich meine letzten großen Schulferien – Ostern 1944 wurde ich aus der Schule entlassen und bekam zur gleichen Zeit meinen Einberufungsbescheid zum Arbeitsdienst.

Am 1. Mai 1944 nahm ich also schweren Herzens Abschied von meiner Mutter und fuhr mit anderen jungen Mädchen nach Oberschlesien in das Arbeitsdienstlager Rosental/OS. Mutter, deren Herzkrankheit sich inzwischen erheblich verschlimmert hatte, blieb allein in der Wohnung zurück. Sie arbeitete noch immer in der Uniformfabrik und war erst jetzt froh darüber, daß sie dadurch tagsüber unter Menschen kam. Es begann eine einsame Zeit für sie, in der sie sich um ihre beiden liebsten Menschen sorgte. Vater mußte nach dem mißlungenen Attentat auf Hitler vom 20. Juli 1944 wieder an die Ostfront zurück, wo die schwersten Kämpfe tobten. Wir hatten ihn seit seinem kurzen Genesungsurlaub nicht mehr wiedergesehen.

Das Arbeitsdienstlager, in das ich kam, machte einen sauberen Eindruck. Die Wirtschaftsräume befanden sich in Baracken, während die Schlafräume in einem Steinbau gegenüber untergebracht waren. Am Lagertor wurden wir Neuankömmlinge von einer der drei Leiterinnen mit freundlichen Worten empfangen und in einen größeren Aufenthaltsraum eingewiesen, in dem bereits junge Mädchen wartend herumstanden. Nach einiger Zeit kam eine andere Leiterin in den Raum und wies uns anhand von Listen die Schlafräume zu. Ich kam in eines der beiden Sechsbettzimmer. Außerdem gab es eines mit acht und zwei Zimmer mit zehn Betten. Da ich in unserem Schlafraum zu den größeren Mädchen gehörte, wurde mir ein oberes der drei doppelstöckigen Betten zugewiesen. Jede von uns erhielt einen schmalen Spind, in dem wir unsere Habseligkeiten verstauen mußten. Die Koffer wurden in einen Speicher eingeschlossen. Auf Ordnung und Sauberkeit wurde größter Wert gelegt, und wir wurden in der kommenden Zeit unaufhörlich kontrolliert.

Jetzt machten wir Mädchen uns zunächst miteinander bekannt. Das Kofferauspacken war schnell erledigt, da wir nicht viel Privatkleidung mitbringen durften. Während wir noch lachend und schwatzend bei der Arbeit waren, ertönte die Hausglocke, und wir mußten zur Baracke in den Gemeinschaftsraum gehen. Wir Neuankömmlinge bekamen unsere Kleidung ausgehändigt, die aus zwei blauen Leinenkleidern für die Arbeit, zwei dicken grauen Leinenschürzen mit Kopftüchern, einem braunen Uniformkostüm mit passendem Hut, Ledertasche, Schuhen und Strümpfen bestand. Das Anprobieren, das danach folgte, machte viel Spaß, und bis zum Abendessen war noch etwas Zeit, um die Kleidung gleich enger, weiter, länger oder kürzer zu machen. Wir mußten uns hierbei an die Anweisung halten, daß die Röcke das Knie bedecken müssen.

Am Abend versammelten wir uns im Eßraum der Baracke. Hier wurden uns die drei Leiterinnen des Lagers vorgestellt. Danach erhielten wir Anweisungen zur Gestaltung des Lagerlebens. Nach diesen Informationen durften wir endlich zum Abendessen. Bevor wir unsere Schlafräume aufsuchen konnten, mußten wir uns im Halbkreis um den Fahnenmast stellen, um gemeinsam die Fahne einzuholen. Diese Zeremonie sowie das Fahnenhissen am Morgen wiederholten sich täglich. Todmüde fiel ich endlich an diesem ersten Abend in mein Bett, konnte jedoch trotz der Anspannung einige Tränen des Heimwehs nicht zurückhalten. Ich hatte begriffen, daß für mich sowie für alle meine Kameradinnen ein neuer Lebensabschnitt begonnen hatte.

Nach und nach gewöhnten wir uns aneinander und an das Lagerleben, das nach einem genauen Zeitplan geführt wurde. Die Übermütigsten von uns steckten die ernsteren Mädchen mit ihrer guten Laune an, und gemeinsam versuchten wir, das Beste aus unserer Arbeitsdienstzeit zu machen. Selbstverständlich wurde von Zeit zu Zeit aus voller Brust über den Drill geschimpft, doch wenn wir unseren Zorn losgeworden waren und eingesehen hatten, daß wir an der Sache nichts ändern konnten, waren wir wieder friedlich, und der alte Trott ging weiter. Der Humor gewann regelmäßig die Oberhand. Wo es ging, neckten wir uns gegenseitig und zogen uns mit unseren Schwächen, die wir ausfindig gemacht hatten, auf. Im ganzen gesehen vertrugen wir uns jedoch gut und hielten fest zusammen. Ein Verdienst der ältesten Lagerleiterin, die mit ihren 30 Jahren ein Gefühl dafür hatte, mit uns jungen, übermütigen Dingern umzugehen und Streithähne auseinander zu bringen.

An den Werktagen mußten wir morgens um 5^{30} Uhr aufstehen. Die beiden Mädchen, die zum Küchendienst eingeteilt waren (hier wurde täglich gewechselt), mußten schon eine Stunde früher in der Küche sein. Sie mußten zunächst einen großen Kohleherd, der in der Mitte der Küche stand, reinigen und sich bemühen, ein Feuer in dem unförmigen Ding zu entfachen, was nicht einfach war. Viele von uns konnten nicht mit einem Herd von diesen Ausmaßen umgehen und waren rußig wie Schornsteinfeger, wenn das Feuer endlich brannte. Jetzt wurde ein großer Kessel auf die Herdplatte gestellt, mit Milch gefüllt und eine genau ausgewogene

Menge Haferflocken mit Zucker und Salz hinzugefügt. Nun kam der schwierigste Teil der Frühstückszubereitung. Wir mußten uns bemühen, eine Haferflockensuppe herzustellen, die weder klumpig noch angebrannt war, sonst waren wir vor den Hänseleien der Kameradinnen nicht sicher. Aber obwohl eines der beiden Küchenmädchen ununterbrochen die Suppe in dem großen Topf rührte, kam selten einmal eine wohlschmeckende Haferflockensuppe auf den Tisch.

Die zweite Maid mußte während der Kochzeit der Suppe 80 Butterbrote mit Marmelade bestreichen. Da das Rühren in dem großen Topf eine ungewohnte Kraftanstrengung bedeutete, lösten sich die zwei bei der Arbeit ab, und es war daher zum Glück letztendlich nicht festzustellen, wem nun die Suppe angebrannt war. Das Feuer mußte ja schließlich nebenher auch bei Laune gehalten werden, um unseren „Muckefuck" abkochen zu können.

Da wir alle reihum diesen Küchendienst verrichten mußten, nahmen wir die ganze Sache mit Humor und aßen eben am Frühstückstisch den uns zugeteilten Teller Haferflockensuppe mit Todesverachtung, ganz gleich, ob sie stark oder leicht angebrannt war. Wir bekamen ja noch zwei Marmeladenbrote, die den Geschmack etwas aufbesserten.

Pünktlich um 7 Uhr hatten wir alle am Frühstückstisch zu erscheinen. Davor mußten sofort nach dem Aufstehen der Frühsport absolviert, geduscht, die Betten gebaut und die Fahne gehißt werden. Selbstverständlich mußte auch das Zimmer aufgeräumt sein, wenn wir zum Frühstück gingen; sofort nach der Mahlzeit fand der große Aufbruch der Arbeitsmaiden, die im Außendienst arbeiteten, zu den Bauern statt. Die wenigen zum Innendienst eingeteilten Mädchen machten sich an die Lagerreinigung, wuschen die Schmutzwäsche, kochten Mittagessen für die Daheimgebliebenen und die Leiterinnen und hielten den Lagergarten in Ordnung. Sie hatten alle Hände voll zu tun, bis am späten Nachmittag die „Außendienstler" zurückkamen. Der Lagerdienst war nicht sehr beliebt. Bei den Bauern bekamen wir in der Regel besseres Essen und hatten mehr Abwechslung. Außerdem standen wir nicht ständig unter der Kontrolle der Leiterinnen, die abwechselnd die Arbeiten mit aller Strenge beaufsichtigten.

Ich wurde einem Siedler aus Westfalen zugeteilt, der weit außerhalb des Dorfes wohnte. Zusammen mit einer Maid, die ebenfalls bei einem in diesem Ortsteil wohnenden Neusiedler arbeiten sollte, hatten wir den längsten Anmarschweg von etwa 40 Minuten. Dieser Weg des Morgens sollte für mich bald die schönste Zeit des Tages sein. Ich fand großen Gefallen daran, mit meiner weniger begeisterten Kameradin aus dem Ruhrgebiet den einsamen Weg durch die Felder und Wiesen zum Bauernhof zu gehen. Ich genoß es, wenn langsam die Sonne aufging und noch Tau auf den Gräsern und Nebel über den Wiesen hing. Auch Sturm und Regen machten mir nichts aus. Schon zu Hause war ich gern bei Wind und Wetter spazieren gegangen. Meine Begleiterin konnte die Begeisterung nicht verstehen und stöhnte unentwegt über den langen Weg, die schwere Arbeit und was ihr gerade in den Sinn kam.

Meine Bauernfamilie, die aus dem Elternpaar und zwei Schulkindern von zehn und zwölf Jahren bestand, war sehr nett zu mir. Ich wurde wie ein Familienmitglied behandelt. Mit den Kindern, dem Jungen und seiner älteren Schwester, verstand ich mich besonders gut. Obwohl diese beiden Siedlerstellen als die schlechtesten Außendienststellen im Lager keinen guten Ruf hatten, kam ich mit der Familie zurecht und war mit meinem Los zufrieden. Der Hof wurde von den Eltern allein bewirtschaftet, und dadurch fiel für jeden von uns viel Arbeit an. Die Mutter versorgte das Vieh und die Küche sowie den kleinen Küchengarten hinter dem Haus. Der Bauer war für die Felder verantwortlich, und hier mußte ich tüchtig mit anfassen. Auch die Kinder mußten nach der Schule fleißig in Haus und Feld mitarbeiten.

Ich lernte im Laufe der Zeit alle Feldarbeiten – vom Rübenverziehen bis zur Kartoffel- und Rübenernte im Herbst – kennen und wunderte mich selbst darüber, daß ich bei dieser ungewohnten Tätigkeit soviel Freude empfand. Wenn mir abends der Rücken schmerzte und die Beinmuskeln vom Hocken in den Rübenfeldern weh taten, schlief ich doch mit dem beruhigenden Gefühl ein, heute wieder etwas geleistet zu haben. Da kam wohl das in meinen Adern fließende Bauernblut der Vorfahren meiner Mutter zum Tragen.

Sehr gut gefiel mir die Getreideernte. Dazu hatte unser Bauer viele Helfer. Wenn ich den ganzen Tag Garben gebunden hatte und meine Arme und Beine von den scharfen Spitzen des trockenen Korns zerstochen waren, machte mich ein Lob meines Bauern stolzer, als wenn ich in der Schule für einen guten Aufsatz gelobt worden wäre. Mein Bauer war sehr wortkarg, und wenn er einem Menschen Anerkennung zollte, so konnte man sich darauf etwas einbilden. Abends im Lager, wenn ich unter der Dusche stand und meine zerkratzten Arme und Beine betrachtete, die unter dem warmen Wasserstrahl brannten, überkam mich eine wohlige Müdigkeit, und ich schlief sofort tief und traumlos ein, wenn ich im Bett lag.

An den Tagen, an denen auf dem Feld keine Arbeit anfiel oder das Wetter nicht danach war, half ich der Hausfrau beim Versorgen des Federviehs und lernte, die Kühe zu melken. Ab und zu machte ich mit den Kindern Schularbeiten, doch das kam sehr selten vor. Doch wenn sie neben mir auf dem Feld standen und ihre Arbeit verrichteten, erzählten sie mir von ihren Kümmernissen und Freuden und fragten mich nach dem Leben in der Stadt aus.

Die Feldarbeit war mir lieber als die Hausarbeit, und hier verabscheute ich besonders den Waschtag, den ich jede Woche einmal einlegen mußte, ganz gleich, ob viel oder wenig auf dem Feld zu tun war. Die Bäuerin gab mir dann die Schmutzwäsche der Familie, und ich mußte diese in einem Waschzuber auf dem geriffelten Waschbrett in heißer Lauge schrubben. Da Waschmittel und Seife nur sehr sparsam benutzt werden durften und auch nicht die Reinigungskraft aus Friedenszeiten aufwiesen, wurde die stark verschmutzte Wäsche nie richtig sauber. Nach einiger Zeit stellte ich fest, daß meine Mühe vergeblich war, und ich kam auf folgenden Trick, mich nicht mehr allzusehr abzurackern und meine armen Hände, die jedesmal wundgescheuert waren, zu schonen. Wenn die gekochte Leibwäsche auf dem Brett durchgewaschen war, stellte ich mir für die bunte Arbeitskleidung, die in die gleiche Lauge kam, den Schemel, auf dem sonst der Waschkorb stand, an den Bottich. Ich setzte mich darauf, ließ eine Hand im Wasser kräftig hin- und herpanschen, legte meinen Kopf am Bottichrand auf den angewinkelten Arm und hielt ein kleines Nickerchen. Die Bäuerin, die in der Küche nebenan oder im angebauten Stall ihre Arbeit verrichtete, war zufrieden, wenn sie die Waschgeräusche hörte. Die Kinder waren in der Schule, und ich war froh, wenn eine angemessene Zeit verstrichen war, ohne daß ich bei meiner „Arbeit" gestört wurde. Meine einzige Mühe dabei bestand darin aufzupassen, daß ich nicht einschlief, da ich darauf achten mußte, ob jemand in die Waschküche kam. War die Waschzeit um, wurde die Wäsche gespült und ausgewrungen und von einer putzmunteren Arbeitsmaid auf die Leine gehängt. Zu meiner Genugtuung stellte ich fest, daß die zuvor stark verschmutzte Arbeitskleidung so sauber geworden war wie zu der Zeit, da ich sie noch auf dem Waschbrett geschrubbt hatte.

Dieses Jahr brachte uns neben den Kartoffelkäfern eine besonders große Raupenplage. Jeden Abend, wenn wir von den Bauern ins Lager zurückkamen, mußten wir zum Raupeneinsammeln im Gemüsegarten antreten. Die wenigen Innendienst-Maiden konnten der Plage nicht Herr werden, und so wurden wir alle bis zum Einbruch der Dunkelheit zum Raupenablesen abkommandiert. An den ersten beiden Tagen konnten wir uns nicht daran gewöhnen, die fetten haarigen Dinger anzufassen. Wir ekelten uns entsetzlich davor. Ich merkte, wie der Widerwille in mir hoch stieg, als ich eine von den dicken Raupen zwischen zwei Fingern hielt, aber es nutzte alles nichts. Die Arbeit mußte getan werden, und die Leiterin, die mit gutem Beispiel auf dem Kohlfeld voranging, achtete unerbittlich darauf, daß sich keine drückte. Wir mußten immer und immer wieder die Raupen von den Kohlköpfen absammeln und im Gang zertreten. Anschließend schmeckte das Abendessen nicht, und die Raupen krochen nachts munter durch meine Träume. Am nächsten Abend ging die Arbeit schon etwas lockerer von der Hand, und als die Raupenplage endlich vorbei war, hatten wir uns an diese abscheuliche Arbeit gewöhnt.

Für mich sollte es eine gute Lehre sein. Als ich vor der Kartoffelernte bei meinem Bauern den Keller reinigen mußte, ekelte ich mich schon nicht mehr vor den vielen Spinnen, die ich wegfegen mußte. Die Raupen waren mir schlimmer vorgekommen.

Das Essen im Lager wurde uns zugeteilt, und es gab wohl kein Mädchen im Speiseraum, das nicht morgens und abends hungrig vom Tisch aufstand. Um die Brotkanten wurde so lange gestritten, bis die Leiterin endlich ein Machtwort sprach und anordnete, daß jedes Mädchen (jeweils fünf mußten von einer Platte nehmen) reihum einen Kanten essen durfte.

Einige wenige bekamen von ihren Familien ab und zu dicke Futterpakete geschickt. Das war dann jedesmal ein Festtag für die ganze Zimmerbelegschaft. Es gab keine, die ihr Päckchen nicht mit den Kameradinnen teilte. Auch in unserem Zimmer bekam die Tochter eines Lehrers vom Lande von Zeit zu Zeit ein solches „Freßpaket", das jedesmal mit großem Hallo begrüßt und aufgeteilt wurde. Mir machte der Hunger weniger zu schaffen als der mangelnde Schlaf. Ich hatte schon immer viel Schlaf gebraucht und kam hier nie zu meinem Recht. In der Woche mußten wir früh aufstehen, und abends kamen wir nie vor zehn Uhr ins Bett. An den Samstagnachmittagen hatten wir frei. Während dieser Freistunden mußten dann Briefe geschrieben und zerrissene Wäsche ausgebessert werden. Nicht einmal meinem Hobby, mich mit einem Buch in die Ecke zurückzuziehen, konnte ich frönen.

An den Sonntagen hatten wir die schwerste Arbeit zu leisten. Wir mußten ausnahmslos um fünf Uhr aufstehen und, nach hastig eingenommenem Frühstück, in die nächste Kreisstadt marschieren. Nach etwa einer Stunde Fußmarsch erreichten wir den Bahnhof und wurden hier in überfüllte Züge in Richtung Osten verladen. Wenn wir nach einer längeren Fahrt unser Ziel erreicht hatten, stand uns wieder ein Fußmarsch bevor. Anfangs wurden wir zweimal von Bauern mit Leiterwagen weitertransportiert. Doch diese menschenfreundliche Geste schlief bald ein, und wir mußten zu unserem Einsatzort marschieren und dabei lauthals singen. Endlich waren wir dann am Endpunkt dieses strapaziösen Morgenausflugs angekommen. Jede Arbeitsmaid erhielt von den bereits mit Lastwagen auf uns wartenden Soldaten einen Spaten ausgehändigt, und nun mußten wir tiefe Panzergräben ausschachten. Die Gräben wurden im Laufe der Zeit so tief, daß wir darin verschwanden und größte Mühe hatten, die Erde auf die obere Kante zu werfen. Als Mittagessen gab es einen Teller Suppe aus der Gulaschkanone und nachmittags ein belegtes Brot. Dieses war von der Sonne oft so ausgetrocknet, daß es kaum mit dem Tee, der uns dazu gereicht wurde, in unsere hungrigen Bäuche rutschen wollte.

Den ganzen Sonntag über schachteten wir nun bei glühender Hitze oder bei nieseligem Regenwetter die Gräben aus. Wenn wir abends nach den entsprechenden Rückfahrten und -märschen wieder hundemüde im Lager landeten, waren wir für keinen Menschen mehr ansprechbar. Selbst die größten Optimisten fanden keine Worte mehr. Wie Mutter aus Breslau schrieb, ging es den arbeitenden Frauen in den Städten nicht besser. Auch sie wurden des Sonntags in organisierten Gruppen gen Osten geschickt, um Panzergräben auszuheben. Mutter war von dem Frondienst wegen ihrer Angina pectoris befreit worden.

Wir Mädchen freuten uns, wenn es sonntags einmal, was leider selten geschah, in Strömen regnete. Nur dann wurden wir von unserem „Sonntagsdienst" befreit und konnten endlich einen faulen Tag im Lager verbringen, vorausgesetzt, es wurde keine Schulung durchgeführt.

Als wir wieder einmal bei glühender Hitze, gegen die uns nur das Kopftuch schützte, den ganzen Tag über Gräben ausgeschachtet hatten, legte ich mich abends mit starken Kopfschmerzen ins Bett. Am nächsten Morgen war es mir unmöglich aufzustehen. Ich litt unter starkem Schwindelgefühl, Krämpfen und mußte mich übergeben, obwohl ich nicht viel im Magen hatte. Das Licht schmerzte in meinen Augen, und als ich schließlich bewußtlos wurde, brachte man mich ins Krankenzimmer und holte rasch einen Arzt. Dieser stellte einen Sonnenstich fest. In den nächsten zehn Tagen sollte ich das verdunkelte Zimmer nicht verlassen, und auch als ich endlich wieder so weit hergestellt war, daß ich ins Freie gehen konnte, mied ich das Sonnenlicht. Es dauerte Jahre, bis ich mich wieder längere Zeit der Sonne aussetzen konnte, ohne mich entsprechend durch Sonnenbrille und Hut zu schützen.

Mutter hatte sich verständlicherweise während meiner Krankheit große Sorgen gemacht und war von mir, als sie am Wochenende zu Besuch gekommen war, nicht erkannt worden. Sie hatte jedoch von der Lagerleiterin das Versprechen bekommen, daß diese mich für einen Kurzurlaub nach Hause schicken würde, sobald ich wieder reisefähig wäre. Da wir während unserer Arbeitsdienstzeit keinen Urlaub bekamen, sandte mich die Leiterin zusammen mit meiner Freundin Leni, die ich im Lager kennen- und schätzengelernt hatte, zu einer „Dienstreise" nach Breslau. Wir wurden dazu abkommandiert, ein defektes Elektrogerät nach Breslau zu transportieren und durften ein verlängertes Wochenende bei meiner Mutter verbringen. Diese verwöhnte uns nach Herzenslust, und uns beiden fiel es am Ende der schönen Stunden sehr schwer, wieder Abschied zu nehmen und ins Lager zurückzukehren. Mit Leni blieb ich auch später während meiner Kriegshilfsdienstzeit zusammen, und nach dem Krieg, als wir uns durch den Suchdienst wiedergefunden hatten, wurde die Freundschaft erneuert.

Im August feierte ich meinen achtzehnten Geburtstag. Die Ernte war jetzt in vollem Gange, und wir Maiden mußten tüchtig mitarbeiten, um sie rasch und trocken in die Scheunen zu bringen. Eines Montags hatte ich absolut keine Lust, beim Bauern zu arbeiten. Es war ein sehr heißer und schwüler Tag, und wir waren wieder spät von unserem „Sonntagseinsatz" ins Lager gekommen. Ich litt unter starken Kopfschmerzen. In letzter Zeit mußte ich meinen Weg zum Bauernhof allein zurücklegen, da der andere Siedler keine Maid mehr haben wollte. Er hatte fortwährend Differenzen mit ihnen.

An diesem Morgen übermannte mich die Müdigkeit mit aller Gewalt. Unterwegs ging ich an einem kleinen Wäldchen vorbei, das etwas abseits des Feldweges lag, den ich einschlagen mußte, um zum Bauern zu kommen. Sehnsüchtig sah ich zu den schattigen Bäumen hinüber und konnte der Versuchung nicht widerstehen, mich ein wenig unter einem Baum auszuruhen. Ich ging also auf das Wäldchen zu, suchte mir ein schönes schattiges Plätzchen aus, und es dauerte nicht lange, da hatte die Stille ringsum mich eingeschläfert. Als ich erwachte, stellte ich zu meinem Entsetzen fest, daß es schon Mittagszeit war. Meine Kopfschmerzen waren verschwunden, doch nun war es zu spät geworden, um noch zu dem Bauern zu gehen. Nach kurzem Zögern beschloß ich, noch nicht ins Lager zurückzukehren, sondern an diesem schönen Ort zu bleiben. Der Tag war ohnehin verpfuscht, und nun wollte ich ihn wenigstens bis zur Neige an diesem schönen Plätzchen zubringen. Ich legte mich also ins Gras zurück, kreuzte die Arme hinter dem Kopf und blickte sinnend in die Baumkrone hinauf, die mir den herrlichsten Schatten spendete. Ringsum summten die Bienen, und es dauerte nicht lange, da war ich wieder entschlummert. Vorher hatte ich mir noch ausgerechnet, wie lange ich Zeit hatte, bis ich ins Lager zurück mußte. Pünktlich wurde ich am Nachmittag wach, um meinen Rückweg ins Lager anzutreten. Frohgemut und nach langer Zeit gründlich ausgeruht, wenn auch mit knurrendem Magen, erreichte ich das Lager. Dort war meine Abwesenheit nicht aufgefallen, denn man hatte angenommen, daß ich bei meinem Bauern arbeite.

Dieser besaß zum Glück kein Telefon und hatte zuviel Arbeit, um sich sofort nach dem Grund für das Ausbleiben seiner Hilfe zu erkundigen. Ich stellte den Irrtum mit keinem Wort richtig und sah nur zu, daß ich schnellstens an meinen Spind kam, in dem noch ein Rest von Mutters Geburtstagskuchen lag. Heißhungrig vertilgte ich dieses Kuchenstück bis auf den letzten Krümel und konnte nun getrost das Abendessen abwarten. Inzwischen überlegte ich fieberhaft, wie ich mich am besten aus der Affäre ziehen könnte. Ich beschloß schließlich, im Lager zu schweigen und alles an mich herankommen zu lassen. Selbst meiner Freundin Leni erzählte ich kein Wort. Für den Bauern würde mir schon eine Ausrede einfallen. Zu meiner Überraschung fühlte ich nicht einmal ein Schuldgefühl. Es war in diesem Fall ein Glück, daß mein Arbeitgeber so weit vom Ort weg wohnte, und für die 25 Pfennige, die er für mich pro Tag bezahlen mußte, konnte ich mir wohl dieses einmalige Fernbleiben von der

Feldarbeit erlauben. Am nächsten Morgen erschien ich wieder wie gewohnt zu meiner Arbeit. Jetzt fiel mir auch die richtige Entschuldigung ein. Ich sagte meinem Dienstherrn, daß ich am Tag vorher beim Zahnarzt in der Kreisstadt war und deshalb nicht kommen konnte. Diese Ausrede wurde mir anstandslos abgenommen, da ich im Laufe des Sommers tatsächlich eine schmerzhafte Wurzelbehandlung beim Zahnarzt durchgestanden hatte. Wir Mädchen mußten Anwesenheitsbüchlein von den Bauern unterschreiben lassen. Diese Klippe umschiffte ich, indem ich das Buch nicht wie sonst üblich jeden Tag vorlegte, sondern erst einige Tage später mitbrachte. Die Unterschriften holte mein Bauer nach, und auch der Montag wurde mir als Arbeitstag quittiert. Nun hatte mein Abenteuer also einen guten Abschluß gefunden. Ich schwieg jedoch zu jedermann eisern über diesen Faulenzertag.

Endlich neigte sich die Arbeitsdienstzeit dem Ende zu. Nach Einbringung der Ernte des Jahres 1944 sollte das Lager aufgelöst werden. Wir wurden, wie das üblich war, für das Winterhalbjahr zur Ableistung eines Kriegshilfsdienstes verpflichtet. Einige von uns teilte man als Wehrmachtshelferinnen ein, zwei Abiturientinnen, die von uns glühend beneidet wurden, durften Hilfslehrerinnen an Dorfschulen werden, und wir übrigen kamen zur oberschlesischen Straßenbahn, um als Schaffnerin Dienst zu tun. Zusammen mit Leni verließ ich das Arbeitsdienstlager wieder einmal voller Erwartung der Dinge, die da kommen sollten. So schwer wie die Arbeit beim Bauern stellten wir uns den Schaffnerinnendienst nicht vor, doch wir sollten noch eines besseren belehrt werden. Jedenfalls waren wir unserem Entlassungstag mit dem Beginn dieser neuen Dienstverpflichtung um einiges nähergerückt. Leni und ich meldeten uns zusammen mit zwei weiteren Maiden aus unserem Lager im Straßenbahndepot Hindenburg/OS, wo sich das Lager befand. Wir waren in Hochstimmung, denn nun würden wir bald frei sein, um unseren Beruf zu erlernen.

Das Lager wurde sauber und wie gewohnt ordentlich geführt. Die Baracken standen auf dem Gelände des Straßenbahndepots in Hindenburg-Bismarckhütte. Viele Mädchen waren hier aus den verschiedensten Arbeitsdienstlagern zusammengezogen worden. Einige arbeiteten bereits seit einiger Zeit als Schaffnerinnen. Wir kamen in einen Schlafraum für zehn Maiden, und wir vier aus dem alten Lager bezogen gemeinsam ein zweistöckiges Doppelbett. Leni und ich nahmen zusammen die nebeneinander liegenden unteren Betten. Auf diese Weise wollten wir uns abends, oder wann immer Gelegenheit dazu war, leise unterhalten, ohne die anderen, die wie wir Schicht fahren mußten und den Schlaf dringend benötigten, zu stören.

Wir hatten nicht mehr oft Gelegenheit, eine gemeinsame Freizeit zu verbringen, denn eine ungeahnt harte Arbeit erwartete uns, und kaum einmal fuhren wir in der derselben Schicht. Die erste Arbeitsperiode begann morgens um fünf Uhr und endete mittags um 14 Uhr. Die zweite Schicht wurde von 14 bis 23 Uhr gefahren.

Die Räume in den Holzbaracken waren kärglich möbliert und zweckgebunden nur fürs Schlafen eingerichtet. In unserem Zimmer standen außer den zehn Etagenbetten noch ein kleiner Tisch und zwei Stühle. Wenn also mehr als zwei im Raum waren, setzte man sich einfach auf die unteren Betten. Um die schlafenden Kameradinnen nicht zu stören, hielten wir uns jedoch in der Freizeit im Aufenthaltsraum auf. Die Kleiderschränke waren im Flur untergebracht, der dadurch sehr eng wurde. Je ein Schrank mußte von zwei Personen gemeinsam genutzt werden. Da die Spinde kaum groß genug für ein Mädchen waren, blieben die meisten Sachen im Koffer, der einfach abgeschlossen auf den Schrank gestellt wurde. Das Abschließen der Schränke und Koffer war eigentlich nur eine Formsache, denn die Schrankschlüssel paßten zu anderen Spinden, und mit den Koffern verhielt es sich ebenso.

Wir „Kriegshilfsdienstmaiden", wie wir jetzt genannt wurden, bekamen unsere Schaffnerinuniform und einen Ausweis, der uns als Arbeitsmaid auswies. Die ersten zwei Tage mußten wir zusammen mit einer Stammschaffnerin fahren, die uns kurz anlernte. Nachmittags hatten wir theoretischen Unterricht und mußten die Streckenpläne auswendig lernen. Die Fahrpreise wurden nach Teilstrecken bezahlt. Schon am dritten Tag wurden wir uns selbst überlassen und auf die einzelnen Straßenbahnen verteilt. Ich arbeitete während der ersten Woche in der zweiten Schicht. Mir gefiel meine selbständige Tätigkeit, und ich stellte mir vor, daß das halbe Jahr schnell vergehen würde.

Am ersten Tag, als ich mich mittags pünktlich im Büro meldete, bekam ich eine Geldtasche mit Wechselgeld und numerierte Fahrscheine, die von Blocks abgerissen wurden, ausgehändigt. Am Ende der Arbeitszeit wurde abgerechnet und die Tasche wieder abgegeben. Diese Zeremonie wiederholte sich täglich. Es dauerte nicht lange, da hatte ich meine Streckenpläne im Kopf.

Neben dem Verkauf der Fahrscheine und dem Ausrufen der Stationen gehörte es zu unseren Aufgaben, die Dauerkarten zu kontrollieren und die Lichtsignale bei eingleisigen Fahrtstrecken zu bedienen. Diese Aufgabe war nicht schwer. Man mußte sich nur merken, wo die einspurigen Strecken begannen und aufhörten. Am Anfang einer solchen Fahrtstrecke blieb der Fahrer mit der Bahn stehen. Dann mußte die Schaffnerin des hinteren Waggons aussteigen und ein Lichtsignal im Schloß eines Mastes einschalten. Nun war die Strecke für den Gegenverkehr blockiert. Am anderen Ende der unübersichtlichen und oft langen Fahrtstrecke durfte kein anderer Zug einfahren. Am Ende wurde wieder angehalten, und die Schaffnerin schaltete das Lichtsignal aus. Damit war die Fahrt für den nächsten Zug freigegeben. Die Oberschlesische Straßenbahn fuhr nicht, wie sonst in Städten üblich, nur durch eine Stadt, sondern sie verband das gesamte oberschlesische Industriegebiet miteinander. Eine Linie fuhr also mehrere Städte ab, so daß eine Fahrt mindestens zwei Stunden dauerte.

Anfangs machte uns die Arbeit Spaß, und wir hatten nette Erlebnisse mit den Fahrgästen. Mit den Stammschaffnerinnen, die überwiegend im Triebwagen fuhren, verstanden wir uns in der Regel gut. Die jungen Frauen waren froh, daß sie durch uns entlastet wurden, und halfen uns, wo sie konnten, damit wir uns rasch an den Arbeitsablauf gewöhnten. Als der Winter strenger und kälter und die Tage kürzer wurden, wurde auch unsere Arbeit schwerer. Während des Frühdienstes war mir nun oft unheimlich zumute, wenn ich im offenen Wagen ganz allein im Dunkel durch menschenleere Gegenden fahren mußte. Jederzeit konnte jemand aufspringen. Ich ging dann gern in den Triebwagen zur Stammschaffnerin und dem Fahrer, bis einige Fahrgäste in meinem Wagen saßen und ich nicht mehr allein war.

Die politische Lage hatte sich zugespitzt und war sehr ernst geworden. Nachts mußten wir oft aus den Federn, weil Fliegeralarm oder auch nur Probealarm gegeben wurde. Die Appelle wurden spät in der Nacht durchgeführt, da nur dann sämtliche Maiden anwesend waren. Waren wir am nächsten Tag zur Frühschicht eingeteilt, mußten wir unseren Dienst vollkommen übermüdet antreten.

Noch schlimmer als die Ungelegenheiten, die im Lager in Kauf genommen werden mußten, empfanden wir den plötzlichen Stimmungsumschwung in der Bevölkerung. Wo uns anfangs vielleicht nur Teilnahmslosigkeit oder Gleichgültigkeit entgegengebracht wurde, mußten wir nun oft einem offenen Haß ins Auge sehen, dem wir machtlos ausgeliefert waren. Er wurde uns erst dann einigermaßen verständlich, als uns die Stammschaffnerinnen über die Situation der Oberschlesier aufklärten.

Es gab, wie wir hörten, unter ihnen viele Menschen, die sich zu Polen hingezogen fühlten und gebrochen deutsch, aber gut polnisch sprechen konnten. Unsere Bahn fuhr durch Gebiete, die längere Zeit zu Polen gehört hatten, und die Bevölkerung, die oft polnische Vorfahren hatte, war nicht überall nach der Volksabstimmung mit der Eingliederung ins Deutsche Reich einverstanden gewesen. Nun, da die Front immer näher rückte und die Russen einen Sieg nach dem anderen errangen, wagten sich diese Leute aus dem Untergrund. Nicht selten mußten wir Maiden, die zwar unschuldig waren, aber in deren Augen den deutschen Staat verkörperten, unter dem Haß dieser Menschen leiden. Obwohl wir ihre Gefühle achteten, lernten wir allmählich unseren Dienst, den wir gezwungenermaßen verrichten mußten, fürchten. Handgreiflichkeiten kamen zum Glück selten vor, denn viele Fahrgäste schützten uns vor Anpöbelungen und rabiaten Mitfahrern. Doch auch auf andere Weise konnte man uns das Leben schwermachen.

Eines Abends, ich hatte Spätschicht und fuhr meine letzte Tour, stieg ich auf freier Flur aus, um, wie üblich, das Lichtsignal für die eingleisige Strecke zu schalten. Ich hatte gerade den Schlüssel ins Schloß gesteckt, da erlaubte sich einer meiner Fahrgäste einen üblen Scherz und zog an der Glockenschnur. Für den Fahrer vorn war der Klang der Glocke das Zeichen zur Abfahrt. Er nahm also an, daß ich wieder im Wagen wäre, und setzte den Zug in Bewegung. Ich konnte von meinem Lichtmast den Wagen nicht mehr erreichen und sah ihn in der Ferne verschwinden. Der „freundliche" Fahrgast, der mir diesen Streich gespielt hatte, stand auf der hinteren Plattform meines Wagens und machte mir eine lange Nase.

Da stand ich nun mutterseelenallein auf einer einsamen, tief verschneiten Wiese. Weit und breit gab es kein Haus, nicht einmal ein kleines Wartehäuschen, denn es war ja keine Haltestelle. Bald fror ich jämmerlich, trotz meiner dicken Schaffneruniform, und schlug die Hände um den Körper, trampelte mit den Füßen und bewegte mich, um mich einigermaßen warmzuhalten. Es blieb mir nichts anderes übrig, als abzuwarten, bis mein Zug wieder zurückkommen würde, was in etwa einer Stunde geschehen müßte. Die einzige Unterbrechung meiner Einsamkeit bot die Vorbeifahrt des Gegenzuges. Die Kollegen konnten mir jedoch nicht helfen, da sie ihrerseits den Fahrplan einhalten mußten. Um meine Angst zu überwinden und die Zeit abzukürzen, sang ich lauthals Schlager und deklamierte laut Gedichte, ellenlange Balladen, die ich einmal in der Schule gelernt hatte.

Als der Wagen endlich in Sicht kam, dachte ich, es wäre eine Ewigkeit vergangen. Die herrliche unberührte Schneelandschaft mit dem ausgesternten Himmel über mir war mir vollkommen gleichgültig geblieben. Ich wollte nur in den Wagen zurück und aus der unendlichen Einsamkeit und Furcht erlöst werden.

Die Kollegen waren froh, als sie mich unversehrt vorfanden und wieder in ihren warmen Zug nehmen konnten. Von der Schaffnerin bekam ich aus der Thermosflasche einen kräftigen Schluck heißen Kaffee, und der Wagenführer versprach, mir nach dem Dienst in der Kantine einen Tee zu spendieren. Allmählich löste ich mich aus der Erstarrung und ging meiner Arbeit nach.

Mein Fehlen war den Kollegen, deren Wagen zu dieser späten Stunde nur schwach besetzt war, erst aufgefallen, als das Lichtsignal nicht ausgeschaltet wurde. Sie konnten jedoch nichts für mich tun. Die Fahrt mußte weitergehen, und die Stammschaffnerin kontrollierte abwechselnd ihren und meinen Wagen bis zu meinem Wiederauftauchen. Ich hatte mir bei diesem unfreiwilligen Abenteuer die Hände erfroren und fuhr von nun an nur noch mit Wollhandschuhen, von denen die Fingerkuppen abgeschnitten waren. Oft hatte ich kein Gefühl in den Händen, die stark anschwollen. Auch die Zehen hatten Frost abbekommen und schmerzten bei dem anstrengenden Dienst. Doch die Arbeit mußte getan werden, und eine Erfrierung war kein Grund zum Krankfeiern.

In Kattowitz gab es eine sehr schöne Eislaufbahn. Da Leni und ich passionierte Schlittschuhläuferinnen waren, ließen wir uns von zu Hause die Schlittschuhe schicken. Die wenigen freien Stunden, die wir noch zusammen verleben konnten, traf man uns danach auf der Eislaufbahn an. Hier fühlten wir uns gelöst und frei und unsere gewohnt gute Laune kehrte nach einem solchen Nachmittag von selbst zurück. Leider wurden diese Stunden immer seltener, je weiter der Winter fortschritt. Auch der

Dienst wurde schwerer und schwerer und erreichte schließlich die Grenzen unserer physischen und psychischen Belastbarkeit.

Die Schichten mußten umgelegt werden, weil die meisten einheimischen Schaffnerinnen mit ihren Kindern und Angehörigen die Heimat verließen. Wir fuhren laufend Überstunden. Die russische Front war bedenklich nähergerückt, und die Soldaten, die von der Front zurückkamen, hielten uns Mädchen für verrückt, weil wir hier noch arbeiteten. Aber was sollten wir machen? Unsere Lagerleiterin hatte sich schon mehrfach um die Genehmigung zur Auflösung des Lagers bemüht, diese jedoch nicht erhalten. Sie war verzweifelt über die Verantwortung, die sie tragen mußte, doch die Lage der Mädchen eigenhändig ändern konnte sie nicht. Wir Arbeitsmaiden machten also unseren Dienst unentwegt weiter.

Während der Hauptfahrzeiten tagsüber kamen wir kaum noch dazu, durch den Wagen zu gehen und abzukassieren, weil die aus der Heimat flüchtenden Menschen mit ihrem Gepäck so gedrängt standen, daß sich keiner mehr rühren konnte. Selbst auf den Trittbrettern standen dichtgedrängt die Flüchtenden, nur um mit der Bahn mitzufahren. Wir erlebten täglich Dramen, die uns nicht mehr zur Ruhe kommen ließen. Es wurden Kinder in den Wagen gereicht und Gepäckstücke, während die Mutter an der Haltestelle zurückblieb, weil kein Platz mehr war. Es passierte auch, daß die Mutter mit ihrem Baby im Zug war und das größere Kind abgedrängt wurde und nicht mitkam. Es war grauenvoll, wieviele Unfälle sich ereigneten, und herzzerreißend mit anzusehen, wenn Familien auseinandergerissen wurden. Bei Dienstschluß waren wir vollkommen fertig.

RÜCKKEHR NACH BRESLAU

Nach Weihnachten 1944 verließen wir das Lager außer zum Dienst nicht mehr. Die Übergriffe durch die Bevölkerung waren massiver geworden, und keine von uns wollte sich ohne Not den Gefahren aussetzen, die uns jetzt in diesem Gebiet drohten. Jede Maid verbrachte ihre freien Minuten im Bett, um neue Kraft zu schöpfen. Alle hofften wir auf eine baldige Auflösung des Lagers. Selbst hier fühlten wir uns nicht mehr sicher, und die Disziplin unter den Maiden ließ allmählich zu wünschen übrig. Es wurde gestohlen, und einige wenige Mädchen flüchteten heimlich aus dem Lager, um nach Haus zu kommen. Die Lagerleiterin verzagte fast an der großen Verantwortung für ihre Mädchen. Mir wurde die Armbanduhr, die ich von meinen Eltern zur Konfirmation bekommen hatte, gestohlen. Ich war aber durch den anstrengenden Dienst und die Nervenanspannung schon so apathisch geworden, daß ich mich darüber nicht mehr aufregen konnte.

Als Mitte Januar 1945 noch immer keine Erlaubnis zur Auflösung des Lagers vorlag, die russischen Truppen jedoch nur noch wenige Kilometer von Kattowitz entfernt waren, handelte unsere Leiterin endlich eigenmächtig. Sie trommelte uns nachts, als alle im Lager waren, zusammen und händigte jeder von uns einen vorbereiteten Urlaubsschein auf unbefristete Zeit sowie ein Päckchen mit Butterbroten aus. Dann empfahl sie uns, schnellstens die Koffer zu packen, das Lager zu räumen und die Gefahrenzone in Richtung Westen zu verlassen. Die Uniformen sollten wir behalten und der Kälte wegen am besten auch tragen. Wir mußten nun sehen, wie wir auf eigene Faust weiterkamen.

Noch in derselben Nacht packten wir unsere Koffer, und mit der ersten Bahn fuhr ich mit Leni in der Dunkelheit zum Bahnhof Kattowitz. Es war der größte Bahnhof in der Umgebung, von dem wir sicher wußten, daß er noch nicht von den Russen erobert worden war. Hier hofften wir, einen Zug in Richtung Westen zu bekommen. Das Donnern der Geschütze klang beängstigend nahe, als wir auf dem dunklen, zugigen Bahnhof standen und sehnsüchtig auf einen Zug warteten. Fahrplanmäßig ging schon lange nichts mehr. Nachdem wir und einige weitere Mädchen, die sich nach und nach eingefunden hatten, einige Zeit auf dem Bahnsteig gestanden hatten, fuhr ein Güterzug mit verwundeten Soldaten in die Halle ein. In den Waggons war notdürftig Stroh aufgeschüttet, auf dem die Verwundeten saßen oder lagen. Die Güterwagen waren überfüllt, doch als die Soldaten uns Maiden in den Uniformen sahen, rückten sie noch mehr zusammen und halfen uns einzusteigen. Alle auf dem Bahnsteig wartenden Mädels wurden mitgenommen.

Wohin der Zug fuhr, wußte keiner, sicher war nur, daß er uns von der Ostfront wegführte, und das war jetzt die Hauptsache. In dem Waggon, in dem Leni und ich gelandet waren, hatten die Landser einen kleinen Kanonenofen aufgestellt, so daß sich eine behagliche Wärme ausbreitete. Wir mußten erst erzählen, wie wir hierher gekommen seien und warum wir nicht längst zu Hause wären. Durch die Wärme und das Erzählen wurden wir immer müder, und plötzlich waren wir eingeschlummert.

Als ich wach wurde, war es bereits heller Morgen. Der Ofen war ausgegangen, und im Waggon herrschte klirrende Kälte. Wir waren froh, daß wir unsere warmen Uniformen, die aus dicken Skihosen, Jacke, langem Mantel und Schnürstiefeln bestanden, trugen. Auch Leni war inzwischen wach geworden, und die Soldaten, unter denen sich keine Schwerverwundeten befanden, gaben uns von ihrem Frühstück ab, während wir unsere Stullen verteilten. Die Landser hatten inzwischen ausfindig gemacht, daß dieser Zug nicht in Richtung Breslau fuhr. Das bedeutete für mich, daß nun die Trennung von Leni gekommen war. An der nächsten Station wollte ich aussteigen, um eine andere Verbindung zu bekommen. Leni, die nach Brandenburg mußte, konnte noch im Zug bleiben. Auf dem nächsten Bahnhof packte ich mein Bündel, verabschiedete mich von meiner Freundin und den Landsern und verließ den Wagen. Ich war niedergeschlagen über die Trennung von Leni, und mir war weh ums Herz. Nun mußte ich, auf mich allein gestellt, sehen, wie ich nach Hause kam.

Ich wußte zwar, daß Breslau inzwischen zur Festung erklärt worden war, konnte mir jedoch unter diesem Begriff wenig vorstellen. Von den Soldaten hatte ich gehört, daß keine Zivilpersonen mehr in die Stadt durften, und unterwegs begegnete ich Flüchtenden, die Breslau bereits vor einigen Tagen verlassen hatten, und mich warnten, dahin zu fahren. Meine Hoffnung, Mutter noch zu Hause anzutreffen, sank bei diesen Berichten auf den Nullpunkt. Trotzdem wollte ich versuchen durchzukommen und wies nun bei jeder Gelegenheit meinen Urlaubsschein vor, so daß ich nicht als Zivilist behandelt wurde. Ich hatte mir angewöhnt, bei jedem Zug, der einfuhr, zuerst zum Lokomotivführer zu gehen und ihn zu fragen, in welche Richtung er weiterführe. Er war oft die einzige Person, die wußte, wohin die Fahrt ging, denn auf den Bahnhöfen herrschte ein heilloses Durcheinander. Die wenigen Beamten, die noch ihren Dienst versahen, wußten selbst nicht, wo die Züge, die sie abfertigten, landen würden. Zum Schluß konnte ich nicht mehr sagen, mit wievielen Zügen ich gefahren war und auf welchen Umwegen ich schließlich doch vor die Tore Breslaus gelangte. Ich merkte nur bald, daß ich die gelungenen Mitfahrten in der Hauptsache meiner Uniform zu verdanken hatte, diese ähnelte sehr der Eisenbahneruniform und zeigte auf den Knöpfen und der Mütze das Flügelrad der Eisenbahner. Vielfach wurde ich daher als Kollegin angesehen und kameradschaftlich behandelt. Jedenfalls landete ich nach drei Tagen Irrfahrt hin und zurück vor den Toren Breslaus endlich auf dem Hauptbahnhof. Am frühen Morgen eines eiskalten Wintertages Mitte Januar fuhr ich in die Bahnhofshalle ein. Für eine Strecke, die man normalerweise in zwei Stunden zurücklegen konnte, hatte ich drei Tage und Nächte gebraucht.

Voller Erwartung verließ ich auf dem Hauptbahnhof im Morgendämmern den Zug und stellte dabei fest, daß ich der einzige Fahrgast war. Schnellstens entfernte ich mich vom Bahnsteig. Meine frohe Erwartung wich einer eigenartigen Beklemmung, als ich mutterseelenallein auf dem sonst so belebten Bahnhof stand. Jetzt wurde mir zum ersten Mal ein Schimmer dessen bewußt, was es bedeuten könnte, in einer Festungsstadt zu sein. Auf unserem Bahnhof herrschte zu normalen Zeiten, wie in jedem anderen Großstadtbahnhof, ein reger Betrieb. Die Züge fuhren laufend in die Bahnhofshallen ein und aus, und ich hatte noch nie erlebt, daß zu irgendeiner Stunde die Kontrollhäuschen an den Bahnsteigen geöffnet und unbesetzt waren. Jetzt entdeckte ich keinen einzigen Beamten.

Die Schalter waren verwaist, das Restaurant geschlossen, die Wartesäle leer. Überall lag achtlos weggeworfenes Papier herum. Kein Gepäckträger bewegte die an den Seiten der Halle stehenden Karren. Mein Herz zog sich bei diesem trostlosen Anblick zusammen. Ich hatte den Eindruck, in eine unbewohnte Stadt gekommen zu sein. Langsam nahm ich meinen Koffer und ging dem Ausgang zu. Auch auf dem normalerweise belebten Vorplatz war keine Menschenseele zu sehen. Ich ging zur Straßenbahnhaltestelle und hoffte inbrünstig, daß noch Bahnen fahren würden, damit ich mit meinem schweren Koffer nicht eine Stunde bis nach Hause laufen müßte.

Es war ein unbeschreiblicher Anblick ringsumher, der meinen Atem stocken ließ. Plötzlich fühlte ich mich einsam, setzte mich mutlos auf meinen Koffer und wartete zunächst einmal. Worauf, wußte ich selbst nicht, doch es mußte ja irgendwann in dieser Stadt ein Mensch auftauchen. Ich wünschte nichts sehnlicher, als mein Ziel – die elterliche Wohnung – schnellstens zu erreichen und von diesem menschenleeren Platz wegzukommen. Weit und breit war kein Mensch und kein Tier zu hören oder zu sehen. Es war entsetzlich still. Der kalte Wintermorgen ließ mich frösteln.

Als ich einige Zeit, die mir sehr lang vorkam, an der Haltestelle, frierend auf meinem Koffer hockend, zugebracht hatte, sah ich endlich zum ersten Mal an diesem Morgen einen Menschen, der auf der anderen Straßenseite eilig dahinlief. Ich ließ meinen Koffer auf der Verkehrsinsel stehen und rannte zu dem Mann hinüber, der bei meinem Anruf sofort stehen blieb. Atemlos fragte ich ihn, ob noch Straßenbahnen verkehrten. Am liebsten wäre ich ihm um den Hals gefallen, als er meinte, daß noch einige wenige fahren würden und in etwa fünfzehn Minuten eine Bahn in meine Richtung kommen müßte. Getröstet ging ich zu meinem Koffer zurück. Die Lebensgeister erwachten wieder, obwohl ich mich schmutzig und müde fühlte. Seit drei Tagen war ich nicht aus den Kleidern herausgekommen, hatte keine Möglichkeit gehabt, mich einmal gründlich zu waschen und auszuruhen. Daher freute ich mich am meisten auf ein Bad und mein Bett. In Gedanken malte ich mir aus, was Mutter bei meinem plötzlichen Auftauchen sagen würde. Andererseits überlegte ich aber auch, was ich tun würde, wenn ich sie daheim nicht mehr anträfe. Auf alle Fälle wollte ich dann die Wohnungstür aufbrechen und erst einmal richtig ausruhen. Nach einiger Zeit kam endlich die Straßenbahn. Sie bestand nur aus dem Triebwagen, in dem der Wagenführer auch die Fahrkarten verkaufte. Ich setzte mich zu ihm, da ich der einzige Fahrgast war, und er erzählte mir, daß während der letzten Zeit die Zivilpersonen zum überwiegenden Teil die Stadt verlassen hatten und jetzt kaum noch Möglichkeiten bestanden, aus der Stadt herauszukommen, es sei denn zu Fuß. Darum die Stille auf dem Bahnhof und den umliegenden Straßen! Wer in der Stadt blieb, tat dies auf eigene Verantwortung.

Langsam wich die Beklemmung, die ich beim Anblick des verlassenen Bahnhofs empfunden hatte, von mir, und ich fieberte meinem Heim entgegen. Nach zwanzig Minuten Fahrt war es soweit. Klopfenden Herzens stieg ich aus der Bahn und ging unsicher auf unser Haus zu, das ganz in der Nähe der Haltestelle stand. Wegen der frühen Morgenstunde herrschte auch in unserer Straße lautlose Stille. Die Haustür war nicht abgeschlossen, und ich konnte ungehindert ins Haus gelangen. Ich stieg die Treppen zur Wohnung hinauf und sah erst einmal ins Schlüsselloch, um festzustellen, ob von innen ein Schlüssel steckte. Gottlob, das Schlüsselende war zu sehen, also mußte Mutti in der Wohnung sein. Nun wurde schnell geläutet, und nach einem kurzen Moment öffnete sie im Morgenmantel die Tür, als ob sie dahinter auf mich gewartet hätte. Wir fielen uns lachend und weinend um den Hals. Mutter fragte nicht lange, was hinter mir lag. Sie sah mich nur an und erkannte sofort meine Bedürfnisse. Sie richtete mir rasch ein Bad, machte ein herzhaftes Frühstück und packte mich kurzerhand ohne viel Wenn und Aber ins Bett, in dem ich erst einmal für die nächsten Stunden verschwand. Gegen Abend, als ich mich einigermaßen frisch fühlte, stand ich endlich wieder auf, und nun ging es ans Erzählen. Wie Mutter mir sagte, hatte ich sehr unruhig geschlafen. Ich hätte mich im Bett hin- und hergeworfen, dabei oft laut aufgeschrien und wollte einige Male aufstehen und weglaufen. Mutter hatte sich den ganzen Tag über nicht getraut, aus der Wohnung zu gehen und mich allein zu lassen. Sie hatte lange Zeit an meinem Bett gesessen und war überglücklich, mich hier zu haben. Ich fühlte mich nun wieder wohl. An meine Alpträume konnte ich mich nicht erinnern.

Nun erfuhr ich, daß die meisten unserer Mitbewohner Breslau bereits verlassen hatten. Eine Nachbarin hatte noch vor zwei Tagen meiner Mutter angeboten, mit ihr zu kommen. Von ihrem Mann, einem Offizier, war ein Privatauto geschickt worden, das die Familie zu Verwandten ins Riesengebirge bringen sollte. Ein Platz für Mutter wäre noch frei gewesen.

Sie redete ihr ununterbrochen zu und argumentierte: »Ihre Tochter kann doch nicht mehr in die Stadt hinein, selbst wenn sie frei und nicht mehr beim Arbeitsdienst wäre.«

Aber sie sprach zu tauben Ohren. Da gab sie es schließlich auf und fuhr mit ihren beiden Kindern allein los. Vorher gab sie meiner Mutter noch die Anschrift der Verwandten und redete ihr zu, daß sie nachkommen solle, sobald sich die Möglichkeit dafür bieten würde. Mutter, die mit dieser Nachbarin aus unserer Etage Freundschaft gehalten hatte, fühlte sich nach Abreise der Familie vollständig verlassen. Sie wohnte nun allein in der Etage, hoffte aber noch immer, von mir oder Vater etwas zu hören und wollte vorher die Wohnung nicht aufgeben. Ihr Ausharren hatte sich zum Glück gelohnt.

Nach vielen Überlegungen beschlossen wir, zunächst noch einige Tage in Breslau zu bleiben, damit ich mich etwas von den Strapazen meiner Dienstzeit in Oberschlesien erholen könnte. Inzwischen versuchten wir mit aller Ernsthaftigkeit, noch eine Fluchtmöglichkeit aus der Stadt, in der die Ruhe vor dem Sturm herrschte, ausfindig zu machen. Wir waren uns darüber einig, keinesfalls in der Festung bleiben zu wollen.

In den nächsten Tagen hatte ich Gelegenheit, die Verhältnisse in meiner Heimatstadt näher zu studieren. Die Geschäfte hatten überwiegend geschlossen und ihre Inhaber die Stadt verlassen. Bevor ein Geschäft aufgegeben wurde, machten die Besitzer einen Totalausverkauf, und wir hatten dadurch in diesen Tagen die Möglichkeit, Lebensmittel ohne Karten einzukaufen. Wir versuchten, möglichst haltbare Lebensmittel wie Mehl, Zucker, Speck und so weiter zu bekommen. Natürlich mußten wir erheblich höhere Preise bezahlen, doch was machte das, wenn wir diesen Nebeneinkauf geboten bekamen. Die Vorräte packten wir in eine stabile Holzkiste, die Vater noch im Keller stehen hatte und die wir verschließen konnten. Ich wußte von meiner kurzen Flucht aus Oberschlesien, wie schwierig es war, unterwegs Nahrung zu bekommen, und es gelang mir, Mutter davon zu überzeugen, daß es besser wäre, auf ein Kleid als auf fünf Pfund Zucker zu verzichten.

Nachdem ich mich eine Woche lang von den Beschwerden der Flucht und der letzten Kriegshilfsdiensttage erholt hatte, wurde es höchste Zeit, endlich die Stadt zu verlassen. Die Trecks, die sonst ununterbrochen vom Osten her durch die Stadt gezogen waren, blieben schon längere Zeit aus. Das war ein Zeichen dafür, daß Breslau zur Gefahrenzone l gehörte und umgangen wurde. Mutter erzählte mir, daß während der letzten Wochen endlose Kolonnen mit Pferdefuhrwerken durch die Stadt gefahren waren. Sie fuhren auf dem gleichen Weg der Frankfurter Straße von Ost nach West, auf der vor vier Jahren die Soldaten nach der Mobilmachung auf der Fahrt zum Flugplatz uns so fröhlich zugewinkt hatten. Die Kolonnen jetzt sahen ungleich trauriger aus. Die flüchtenden Menschen – Frauen, Kinder und Greise – hatten sich wegen des kalten Winters tief vermummt. Wer laufen konnte, mußte laufen, damit die Pferde geschont wurden. Auf den Wagen hatten die Leute ihr Hab und Gut, das sie am nötigsten brauchten, untergebracht. Abends wurden die Wagen in Dörfern, die sie gerade passierten, zusammengestellt. Keiner verließ den Treck, um den Anschluß nicht zu verpassen. Auf diese Weise hatten sich ganze Dörfer zusammengefunden und auf den Weg nach Westen gemacht in der Hoffnung, an irgendeinem sicheren Ort eine Bleibe zu finden. Aber wo war es noch sicher?

Auf der Straße spielten sich Tragödien ab. Kindern und alten Leuten froren Gliedmaßen ab, Tiere verhungerten, Säuglinge starben. Viele Kühe wurden bis zum Schlachthof nach Breslau getrieben in der Annahme, daß man sie dort schlachten und das Fleisch mitnehmen könnte. Es war jedoch keine Möglichkeit mehr dazu vorhanden, weil der Schlachtbetrieb längst eingestellt worden war. So wurden die Tiere einfach zurück- und sich selbst überlassen. Mutter sah ein, daß wir endlich etwas unternehmen mußten, um noch aus der Stadt herauszukommen. So packten wir schließlich unsere Lebensmittelkiste auf den Schlitten. Mutter erhielt einen Rucksack und eine Aktentasche, während ich einen Tornister umschnallte und einen Koffer in die Hand nahm.

Ganz in unserer Nähe lag der Freiburger Bahnhof, zu dem wir uns auf den Weg machten. Wir wollten ins Riesengebirge oder wenigstens in südliche Richtung fahren, um eventuell unsere Nachbarn zu treffen. Als wir auf dem Bahnhof eintrafen – es dunkelte langsam, und aus den verhangenen Wolken setzte ein leichtes Schneetreiben ein – saßen, standen und lagen so viele Menschen im Warteraum, daß wir am liebsten wieder in unsere gemütliche Wohnung zurückgegangen wären. Aber wir durften nicht schwach werden. Alle warteten geduldig darauf, daß noch ein Zug oder Lastwagen kommen würde, um sie aus der Stadt zu fahren, ganz gleich wohin. Einzelne Familienmitglieder lösten sich in der Wache ab. Einige gingen nach Hause und sorgten fürs leibliche Wohl, während die übrigen in der Halle blieben, um das Gepäck zu bewachen und sich bietende Möglichkeiten zur Flucht nicht zu verpassen. Die Aussichten waren schlecht. Es kam kein Zug herein, somit fuhr auch keiner hinaus. In früheren Zeiten fuhren wir von diesem Bahnhof ab, wenn wir ins schlesische Bergland, nach Böhmen oder in die Tschechoslowakei fahren wollten.

FLUCHT INS UNGEWISSE

Wir schrieben den 31. Januar 1945. Diesen Tag werde ich nie vergessen, weil es der Tag war, an dem wir unsere Heimat zum letzten Mal gesehen und alles, was uns lieb und teuer war, zurückgelassen hatten.

Bereits am Tag vorher waren wir am frühen Morgen aufgebrochen, um zum Bahnhof zu gehen. Als wir jedoch kaum aus dem Haus waren, erlitt Mutter einen Herzanfall, und wir mußten wieder umkehren. Heute richteten wir es so ein, daß wir erst noch zu Hause unser Mittagessen einnahmen, in Ruhe am Nachmittag eine Tasse Kaffee tranken und erst danach unser Bündel schnürten, um am späten Nachmittag unser Glück zu versuchen. Ich hatte mir, weil es sehr kalt war und der Schnee dick auf den Straßen lag, dicke Stiefel und meine warme Schaffneruniform angezogen. Diesmal kamen wir tatsächlich bis zum Bahnhof. Mutter verlor bei dem trostlosen Anblick der vielen wartenden Menschen den Mut, doch sie bekam keine Herzattacke.

Ich versuchte sie abzulenken, und wir hielten den Gedanken fest, daß wir nur für eine kurze Zeit von zu Hause weg sein würden. Wie einfältig wir doch waren, an ein schnelles Ende des Krieges und damit unsere Heimkehr zu glauben. Es brauchte nur ein einziger Eisenbahnzug zu kommen, dann wären wir alle mitgefahren. Keiner wollte Komfort oder viel Platz. Wir konnten uns zusammendrängen, dann wären alle Menschen, die hier auf eine Fluchtmöglichkeit hofften, noch herausgekommen. Aber ein Eisenbahnzug war nicht in Sicht.

Zu Hause hatten wir die Möbel abgedeckt und alles gut verschlossen. Es war, als wenn wir in den Urlaub fahren würden. Innerlich erwarteten wir, alles so wiederzufinden, wie wir es verlassen hatten. Einige Kisten mit Wäsche und Kleidung, auch Mutters Pelzmantel, den sie jetzt gut gebraucht hätte, waren schon vor Monaten zu unseren Verwandten aufs Land gebracht worden, um sie vor Bombenangriffen zu retten. Daß diese Dinge verloren waren, wußten wir schon, als die Trecks durch Breslau zogen.

Unsere Verwandten wohnten nordöstlich von Breslau und waren gewiß auch schon längst mit ihren Trecks unterwegs. In unserem Haus in der Bärenstraße war nur noch ein altes kinderloses Ehepaar zurückgeblieben. Die Frau weinte sehr, als wir uns verabschiedeten. Sie wollten ihren 79jährigen Mann, der in der Festung zum Volkssturm eingezogen worden war, nicht allein lassen. Auch als wir in den letzten Tagen den Geschützdonner aus dem Osten und Norden hörten, war sie nicht zu bewegen, die Stadt zu verlassen.

Allmählich besserte sich Mutters Zustand, und ihre Zuversicht, daß alles gut gehen würde, kam wieder. Ich hatte mir inzwischen einen kleinen Plan zurechtgelegt und sagte: »Mutti, bleib du bei dem Gepäck. Ich werde mich inzwischen einmal umsehen, wie die Möglichkeiten, von hier wegzukommen, sind.«

»Ach Helga, wollen wir nicht doch wieder nach Hause gehen und in der Wohnung bleiben, um erst einmal zu sehen, wie sich alles weiter entwickelt? Wir haben hier unser Heim und kennen uns in Breslau aus. Was uns erwartet, ist ungewiß, und es kann nur ein armseliges Dasein auf immerwährender Flucht sein«, meinte Mutter.

»Aber Mutti«, widersprach ich. »Es ist doch nicht dein Ernst, in einer Stadt zu bleiben, die zur Festung geworden ist und bestimmt bis zum letzten Blutstropfen verteidigt werden muß. Ich glaube, wir müssen uns mit dem Gedanken, daß wir unser Heim auch verlieren könnten, wenn wir hierbleiben, vertraut machen. Es wäre bestimmt nicht in Vaters Sinn, wenn wir unser Herz an diese Dinge hängen und nicht versuchen, unser nacktes Leben zu retten. Wie wir es richtig machen, können wir heute nicht wissen. Ich weiß nur, daß ich in der Zeit, die vor uns liegt, in Breslau nicht bleiben möchte. So wie mir die Soldaten unterwegs die Belagerung einer Stadt geschildert haben, würde Schlimmes auf uns zukommen. Da sollten wir die Flucht doch wenigstens versuchen. Ob sie uns gelingt, wissen wir ohnehin nicht.«

»Nun, Liebes, dann tu, was du für richtig hältst, ich mache mit«, sagte Mutter ergeben und setzte sich auf die Holzkiste, die mit dem Schlitten in einer Ecke der Bahnhofshalle stand. Ich nahm die Tasche mit den wichtigsten Papieren an mich und machte mich auf den Weg zum Büro des Fahrdienstleiters. Als ich aus Mutters Blickfeld verschwunden war, kramte ich aus den Papieren rasch die Bescheinigung unseres Hausarztes über ihre Herzkrankheit und meine Urlaubsbescheinigung hervor. Der Beamte war in seinem Dienstzimmer. Ich zeigte ihm die beiden Dokumente und erzählte, daß ich vom Kriegshilfsdienst beurlaubt worden war, um meine kranke Mutter aus der Gefahrenzone zu bringen. Er hörte mir wohlwollend zu, prüfte die Bescheinigungen und verriet mit keiner Miene, ob er meiner Flunkerei glaubte. Er war jedoch sehr freundlich, und als ich meine Geschichte beendet hatte, sah er mich nachdenklich an.

Dann blätterte er in seinen Papieren und meinte schließlich: »Ja, mein Fräulein, da haben Sie aber großes Glück. Sie könnten in etwa fünfzehn Minuten mit einem Kurierzug mitfahren. Ich kann Ihnen das nur erlauben, weil Sie diese Uniform tragen und Sie dadurch nicht auffallen. Man wird Sie für eine Angestellte der Bahn halten. Sie müssen mir aber fest versprechen, daß Sie Ihr Abteil auf keinen Fall unterwegs verlassen. Außerdem darf keiner von den anderen in der Halle erfahren, daß ein Zug wegfährt.«

Mein Herz machte einen Freudensprung, und ich versprach ihm alles, was er wollte. Soviel Erfolg hatte ich mir von meiner Unternehmung nicht erhofft. Der Beamte ließ mir nicht viel Zeit für Dankesworte.

»Sie müssen sich beeilen, wenn es klappen soll, denn Sie müssen schon vor den Herren, für die dieser Zug bereitgestellt ist, eingestiegen sein, damit man Sie nicht bemerkt.«

Ich wagte natürlich nicht zu fragen, um was für Herren es sich wohl handelte, und sagte: »Selbstverständlich können wir sofort einsteigen. Ich muß nur noch meine Mutter und das Gepäck holen.«

»Damit Ihr Verschwinden in der Halle nicht auffällt und man Sie nicht beobachten kann, kommen Sie mit dem Gepäck aus dem Warteraum heraus.«

Er ging mit mir ans Fenster seines Dienstzimmers und zeigte auf ein kleines Tor rechts neben dem Bahnhofsgebäude.

»Ich werde dieses Tor aufschließen und Sie zum Zug bringen. Lassen Sie sich nur vor den anderen nichts anmerken, und verhalten Sie sich so, als wenn Sie wieder nach Hause gehen wollen.«

Ich ging rasch zu meiner Mutter in den überfüllten Raum zurück. Da sie noch immer in der Ecke auf der Proviantkiste saß und auf mich wartete, konnte ich ihr rasch leise zuflüstern, welch unglaubliches Glück wir hatten.

Dann sagte ich laut, so daß es die umstehenden Leute hören konnten: »Ich glaube, es ist das beste, wenn wir wieder nach Hause gehen. Heute wird doch kein Zug mehr kommen, der uns mitnimmt.«

Damit hatten wir unseren Aufbruch einigermaßen gedeckt. Wir packten schnell unsere Siebensachen zusammen und gingen auf die Straße hinaus. Nachdem wir uns vergewissert hatten, daß sich keiner um unseren Abgang kümmerte, weil jeder zu sehr mit sich selbst beschäftigt war, wandten wir uns nach rechts und gingen auf das kleine Tor zu, das mir der Beamte gezeigt hatte. Es war uns nicht ganz wohl, wenn wir daran dachten, daß nur wir von den Hoffenden mitfahren durften, doch unsere Chance mußten wir wahrnehmen. Es hätte sich bestimmt keine andere mehr geboten.

Wir erreichten unbemerkt die kleine Pforte, an der uns der Fahrdienstleiter bereits erwartete. Er half uns, den Schlitten über die Gleise zu tragen und ließ uns gleich in den Kurierzug einsteigen, der abfahrbereit an einer entfernten Stelle stand, die man vom Bahnhof aus nicht einsehen konnte. Wir versprachen ihm nochmals, uns nicht am Fenster zu zeigen und uns auch sonst unauffällig zu benehmen, damit er keinen Ärger bekommen würde. Als er die Tür zugeschlagen hatte, machten wir es uns in dem warmen Abteil bequem. Der ganze Wagen gehörte uns, und wir konnten es noch immer nicht fassen.

Ich stammelte immer wieder: »Mutti, du ahnst nicht, was wir für ein Glück haben«, während meiner Mutter die Tränen in den Augen standen. Es war ihr jetzt richtig zu Bewußtsein gekommen, daß es mit unserer Flucht ernst wurde. Sie wußte noch nicht, wie schwierig es war, überhaupt mit einem Fahrzeug mitgenommen zu werden, während ich auf meiner Flucht aus Oberschlesien einiges gelernt hatte. Es dauerte nicht lange, da mußten die Herren, für die dieser Zug bestimmt war, eingestiegen sein, denn er setzte sich in Bewegung. Ich stellte vorsichtig fest, daß die Fahrgäste gleich das erste Abteil hinter der Lokomotive belegt hatten, während wir in dem letzten saßen. Der Zug war nicht lang, und wir konnten uns über unseren unvorstellbaren Glücksfall kaum beruhigen. Wie wir dem hilfsbereiten Beamten versprochen hatten, ließen wir uns vor den geheimnisvollen Herren nicht blicken. Wir konnten es jedoch nicht lassen, uns in dem abgedunkelten Abteil ans Fenster zu stellen und unsere Heimatstadt mit einem letzten Blick zu grüßen.

Der Zug fuhr über eine Eisenbahnbrücke, die ganz in der Nähe unserer Wohnung über die Frankfurter Straße führte. Ich war täglich, wenn ich zur Schule ging, unter dieser Brücke hindurchgegangen. Wir standen still auf unserem Platz und ließen die vertraute Gegend an uns vorbeiziehen. Als wir die Stadt in südwestlicher Richtung verließen, drang dumpfer Geschützdonner an unser Ohr. Der Himmel war von Leuchtraketen erhellt. Wir wußten bisher nicht, daß Breslau auch von dieser Seite aus angegriffen wurde. Man war der Ansicht gewesen, die Russen kämen vom Osten her nach Breslau, aber sie kamen wohl von allen Seiten. Nun war auch meine Mutter davon überzeugt, daß wir das einzig Richtige getan hatten. Uns wurde klar, daß wir es einem besonders glücklichen Umstand zu verdanken hatten, überhaupt noch aus der Stadt herauszukommen. Wie wir später erfuhren, war der Feind tatsächlich vom Westen her in die Stadt eingedrungen. Die Wehrmacht hatte die Häuser in unserem Wohnviertel gesprengt und dem Erdboden gleichgemacht, um den Feind aufzuhalten. Diese Maßnahme erwies sich jedoch als erfolglos, als der Sturm auf die Festung begann. Doch so weit war es an diesem ungemütlichen, dunklen Spätnachmittag des letzten Januartages noch nicht.

Ich versuchte, Mutter zu trösten: »Vielleicht dauert es nicht lange, und wir können wieder nach Hause zurück. Jetzt müssen wir erst mal sehen, daß wir uns irgendwo in Sicherheit bringen. Du hörst selbst, wie nahe der Feind vor Breslau steht. Vielleicht ist die Stadt schon eingekreist, und es wäre Selbstmord, noch länger dort zu bleiben.«

»Ich sehe ja ein, daß du recht hast, Helga«, meinte Mutter resignierend, »doch es ist schwerer, als ich gedacht habe, den Ort zu verlassen, in dem ich so viele Jahre gelebt habe und an dem ich mit jeder Faser meines Herzens hänge. Was haben Vater und ich nicht alles an schönen und schweren Stunden hier erlebt. Nun sind wir heimatlos und wissen noch nicht einmal, wo Vater ist. Ob er überhaupt noch lebt?«

»So mußt du nicht denken, Mutti«, meinte ich. »Ich weiß, es wird dich nicht trösten, aber denk einmal daran, wie viele Menschen ihre Heimat verlassen müssen. Eine große Anzahl Frauen ist noch schlimmer dran als wir, weil sie für kleine Kinder sorgen oder alte Eltern betreuen müssen. Wir sind beide erwachsen und werden uns irgendwie durchschlagen. Die Hauptsache ist, daß wir immer zusammenbleiben können.«

Jetzt fiel mir wieder ein, daß unsere Verwandten die Stadt bereits vor uns verlassen hatten. Nur Vaters Mutter und Stiefvater konnten sich nicht dazu entschließen.

Sie sagten: »Wir sind alt, und alte Bäume verpflanzt man nicht mehr. Wenn wir sterben sollen, dann können wir das hier in unserer Heimat.«

Wir hatten uns traurig von ihnen verabschiedet, als wir einsehen mußten, daß wir sie nicht dazu bringen konnten, sich uns anzuschließen.

Der Zug ratterte gleichmäßig durch die verschneite Landschaft. Einmal hielt er unterwegs. Wir wagten uns jedoch nicht ans Fenster, weil wir das versprochen hatten und nicht entdeckt werden wollten. Wohin der Zug fuhr, wußten wir nicht, und erst nachts, als er wieder hielt, klopfte der Lokomotivführer an unser Abteilfenster.

»Der Zug endet hier. Sie müssen jetzt aussteigen«, sagte er, und wir erfuhren von ihm, daß wir in Waldenburg waren. Er half, unser Gepäck aus dem Wagen zu nehmen, wünschte uns alles Gute und verschwand in seiner Lokomotive, um den Zug hinauszufahren. Mit unserem Gepäck zogen wir in den Wartesaal des Waldenburger Bahnhofs. Hier bot sich uns das gleiche Bild wie vor einigen Stunden in Breslau. Die Bahnsteige waren vollgestopft mit Menschen, die auf irgendeine Möglichkeit zur Weiterfahrt warteten. Wir kamen mit einigen Flüchtenden ins Gespräch. Als sie hörten, daß wir eben erst aus Breslau herausgekommen waren, wollten sie es nicht glauben. Sie waren teilweise bereits zehn bis vierzehn Tage unterwegs, streckenweise zu Fuß, und wußten noch immer nicht, wo sie eine Bleibe finden würden. Die Leute wollten wissen, wie es jetzt in Breslau aussah. Als wir ihnen sagten, daß noch alles unversehrt sei, bekamen einige Heimweh. Aber als wir ergänzten, daß die Feinde vor den Toren stünden und es kaum noch ein Entrinnen gäbe, waren sie froh, nicht mehr in der Stadt zu sein.

Als es etwas ruhiger wurde, setzten wir uns auf unser Gepäck und beratschlagten, wie die Fahrt nun weitergehen sollte. Da wir uns in Richtung Riesengebirge befanden, wollten wir versuchen, nach Petersdorf zu kommen, wohin unsere Nachbarin geflüchtet war. Die Nacht wurde kälter, und wir froren auf dem zugigen Bahnsteig. Noch hatten wir nicht die geringste Ahnung, wie wir nach Petersdorf kommen könnten. Ich wurde immer wieder von Wartenden gefragt, wann ein Zug in diese oder jene Richtung führe. Sie hielten mich für eine Bahnbeamtin, und ich mußte jedesmal den Irrtum aufklären. Schließlich schlug ich Mutter vor, es so zu machen, wie ich es auf der Flucht aus Oberschlesien praktiziert hatte. Wir wollten nicht mehr auf einen Personenzug warten, sondern zu den Gleisen gehen, auf denen die Güterwagen fuhren. Mühselig unser Gepäck schleppend, verließen wir die Bahnhofshalle. Auf dem Güterbahnhof war nicht viel Betrieb. Hier wehte der Wind noch stärker als auf den Bahnsteigen. Obwohl wir in kurzer Zeit durchgefroren waren, gaben wir unseren Posten nicht auf. Endlich, die Nacht war bald um, fuhr ein Güterzug, besetzt mit Soldaten, auf dem Gleis ein. Wir wurden mitgenommen und mußten an diesem Morgen noch zweimal die Güterzüge wechseln, bevor wir im Laufe des Vormittags tatsächlich unser Ziel Petersdorf im Riesengebirge erreichten. Ich wunderte mich, wie gut Mutter die Strapazen überstand.

Als wir müde und abgespannt an der Adresse unserer Nachbarin eintrafen, erfuhren wir, daß diese inzwischen zusammen mit ihren Verwandten weiter geflüchtet war. Nun war guter Rat teuer. Mutter wollte nicht, daß wir uns weiter und jetzt ins Ungewisse treiben lassen. Wir meldeten uns daher beim Roten Kreuz und erkundigten uns nach einer Unterkunft. Nach einigen Telefonaten erhielten wir ein Privatquartier zugewiesen. Ein sehr nettes älteres Ehepaar nahm uns in sein Einfamilienhaus auf. Sie vermieteten uns das ehemalige Kinderzimmer, in dem früher die beiden inzwischen verheirateten Töchter gewohnt hatten. Es war ein kleiner Raum mit schrägen Wänden und zwei hintereinander gestellten Betten, der nicht geheizt werden konnte. Außer einem Tisch, zwei Stühlen und einem kleinen Schrank befand sich nichts weiter in dem Raum, der jetzt als Fremdenzimmer genutzt wurde. Wir durften uns in Küche und Wohnzimmer im unteren Geschoß mit aufhalten und waren froh, daß wir unser müdes Haupt in ein Bett legen konnten.

Dem Ehepaar Scholz, wie unsere Wirtsleute hießen, gaben wir Lebensmittel aus unserer Proviantkiste ab. Sie konnten sich unseren Reichtum nicht erklären, und wir erzählten ihnen von den letzten Tagen in Breslau. In dem gastfreundlichen Haus fühlten wir uns wohl und hofften sehr, daß hiermit unsere Flucht beendet sei. Leider sah die Wirklichkeit anders aus. Nachdem wir vier Wochen bei den netten alten Leuten gewohnt hatten, erging ein Aufruf an alle Bewohner des Ortes, Petersdorf innerhalb der kommenden Woche zu verlassen. Nun mußten wir doch wieder weiter.

Da wir mit unserem Schlitten auf Dauer nicht mehr weit kommen würden, kauften wir für teures Geld einen uralten Kinderwagen. Wir dachten, daß wir diesen noch benutzen könnten, wenn der Schnee weggetaut sei, wonach es zur Zeit noch nicht aussah. Auf alle Fälle wollten wir ihn neben dem Schlitten mit Gepäck vollpacken, denn unsere Wirtsleute hatten die Absicht, mit uns zu kommen. Sie wollten versuchen, zu ihren Töchtern, die in Dresden verheiratet waren, zu flüchten.

Am 25. Februar war es soweit. Wir packten unsere Habe auf den Schlitten und den „neuen Sportwagen" zusammen mit den beiden großen Koffern unserer Wirtsleute und machten uns auf den Weg zum Bahnhof. Schon nach kurzer Zeit verlor unser total überladenes neues Gefährt ein Rad, und wir mußten das Gepäck herunternehmen, um die Sportkarre zu reparieren. Mit Verspätung kamen wir dann endlich auf dem Bahnhof an und erfuhren, daß unser Zug bereits abgefahren sei. Glücklicherweise war das hier nicht so tragisch, wie es in Breslau gewesen wäre, zumal hier die Evakuierung noch organisiert durch Helfer des Roten Kreuzes erfolgte, und wir mußten jetzt nur auf den nächsten Zug warten. Von den Helfern wurden die ankommenden Flüchtlinge gruppenweise gleichmäßig auf die Züge verteilt.

Wir wurden mit der Kleinbahn bis nach Polaun im Sudetenland befördert und wunderten uns immer wieder, wie gut hier noch alles funktionierte. Trotz unserer miesen Lage bewunderten wir die friedliche, verschneite Bergwelt, durch die wir fuhren. Es war unbegreiflich, daß wir auch diese herrliche, unberührte Landschaft verlassen mußten.

In Polaun wurden wir auf bereitstehende Lastwagen verladen und weiter nach Gablonz gebracht. Dort erwartete uns eine Unterkunft in der Turnhalle einer Schule mit vorbereiteten Strohlagern. Als wir alle unsere Gepäckstücke ausgehändigt bekamen, stellten wir zu unserem großen Schrecken fest, daß die beiden Koffer unserer Wirtsleute nicht aufzufinden waren. Auch auf den anderen Lastwagen befanden sich keine überzähligen Koffer. Nachdem wir einige Zeit vergeblich nach dem Gepäck gesucht hatten, mußten wir annehmen, daß es in Polaun nicht auf den Wagen verladen worden war. Nun war guter Rat teuer.

Herr und Frau Scholz waren untröstlich über ihren Verlust. Sie taten uns sehr leid, und ich überlegte, wie ich ihnen helfen könnte. Da jeder mit sich selbst beschäftigt war, konnten wir von anderer Seite keine Hilfe erwarten. Es war am späten Nachmittag, als wir unser Gepäck verstaut und die Schlafplätze einigermaßen hergerichtet hatten.

Ich sagte zu Mutter: »Ich gehe noch einmal zum Parkplatz, auf dem die Lastwagen stehen. Vielleicht gibt es eine Möglichkeit, nach Polaun zurückzufahren. Es könnte doch sein, daß die Koffer auf dem Bahnhof entdeckt worden sind und im Fundbüro aufbewahrt werden.«

Mutter war es durchaus nicht recht, daß ich noch immer keine Ruhe um die verlorenen Gepäckstücke geben wollte. Sie war bereit, den alten Leuten von unseren Sachen abzugeben, damit sie sich helfen konnten. Doch wir hatten ja selbst an Kleidung nur das Nötigste mit und schon gar nichts für einen Herrn. Jeder Flüchtling hatte genug damit zu tun, auf seine eigenen Sachen aufzupassen, so daß mein Gedanke durchaus nicht so abwegig war, wie er meiner Mutter erschien. Als auch Herr Scholz meiner Mutter zuredete, gab sie schließlich zögernd ihre Einwilligung, mit ihm noch einmal zum Parkplatz zu gehen. Wir liefen also zu dem Platz, auf dem noch der Lastwagen stand, der uns hierhergebracht hatte, und ich fragte den Fahrer, wie ich wieder nach Polaun zurück käme.

»Ich fahre wieder zurück«, sagte er. »Wenn Sie wollen, können Sie mit mir fahren. Sie müßten aber sofort einsteigen, denn es wird dunkel und ich wollte gerade abfahren.«

Da mir keine Zeit mehr blieb, mit Mutter zu verhandeln, bat ich Herrn Scholz, sie zu benachrichtigen, daß ich zurückfahren und schnellstens wieder zurück in Gablonz sein wollte. Sie solle sich keine Sorgen machen, ich würde das schon schaffen. Dann schrieb ich mir den Namen der Schule auf, in der wir unsere Unterkunft hatten, und fuhr mit dem Lastwagen davon. Jeden Gedanken an meine Mutter verdrängte ich mit dem Gefühl, daß ich alles versuchen müßte, den beiden Alten zu helfen. Sie hatten keinen anderen, der sich ihrer annahm, und sie hatten uns seinerzeit sofort aufgenommen, als wir ein Zimmer suchten. In der Abenddämmerung kamen wir endlich auf dem Bahnhof Polaun an. Ich traute kaum meinen Augen, als ich aus dem Auto stieg. Die beiden Koffer standen noch friedlich auf dem kleinen Bahnhofsplatz, von dem aus wir alle verladen worden waren, hinter dem Gitterzaun. Ich bedankte mich bei dem Fahrer und nahm die beiden Koffer problemlos an mich. Außer mir war kein Mensch auf dem Platz. Mit den Koffern ging ich ins Bahnhofsgebäude in der Hoffnung, daß ich vom Schalterbeamten eine Fahrverbindung nach Gablonz bekommen würde. Die Aussichten zur Rückkehr waren jedoch mehr als trübe. Eine kurze Strecke bis Tannwald konnte ich noch an diesem Abend mit dem Bus fahren. Dann waren alle Möglichkeiten weiterzukommen erschöpft. Ich ging also zunächst zur Bushaltestelle und fuhr mit dem Omnibus nach Tannwald.

Es war inzwischen vollständig dunkel geworden. Langsam befürchtete ich, daß ich an diesem Abend wohl nicht mehr nach Gablonz zurückkommen könnte. An der Endstation des Busses in Tannwald stieg ich aus. Ein starker Schneefall hatte eingesetzt und tauchte die ganze Umgebung in ein strahlendes Weiß, das sich aus der Dunkelheit abhob. Trotz der Kälte fror ich nicht. Die Freude über das Auffinden der Koffer und die Sorge um eine Rückkehrmöglichkeit hielten mich warm.

Nahe der Bushaltestelle sah ich einen kleinen Lieferwagen stehen, auf dessen offene Ladefläche Frauen mit Kleinkindern, Kinderwagen und Schlitten verstaut wurden. Die Frauen hatten zum Schutz gegen den fallenden Schnee Regenschirme aufgespannt, unter denen sie dichtgedrängt standen. Einige Kinder weinten, weil ihnen die Dunkelheit und die Unruhe unheimlich waren. Ich ging zum Fahrer des Wagens, der gerade einer

Frau beim Aufsteigen behilflich war, und fragte, wohin der Transport gehe.

»Wir bringen die Frauen und Kinder nach Gablonz«, war die Antwort.

»Könnten Sie mich auch mitnehmen? Ich müßte heute abend noch unbedingt dahin kommen«, bat ich ihn.

»Das ist einfach unmöglich«, erwiderte er. »Sie sehen ja selbst, daß der Wagen schon jetzt überfüllt ist.«

Wie ich mich mit einem kurzen Blick über die Seitenplanken überzeugen konnte, hatte er recht. Es hätte kein Kind mehr Platz gefunden, geschweige denn eine Person mit zwei großen Koffern. Deshalb fragte ich ihn, ob er noch eine andere Transportmöglichkeit wüßte, und erzählte ihm nebenbei von unserem Mißgeschick. Während wir uns noch unterhielten, war der Beifahrer, ein junger Soldat, dazugekommen. Dieser bot mir nach kurzer Beratung mit dem Fahrer schließlich einen Ausweg an.

»Auf der Ladefläche haben wir, wie Sie selbst sehen, keinen Platz mehr. In der Fahrerkabine müssen wir noch eine schwangere Frau mitnehmen. Wir würden Sie aber, wenn Sie Mut haben, auf dem Dach des Fahrerhauses festbinden. Allerdings auf Ihre eigene Gefahr«, sagte er.

Mir war in dieser Situation alles gleich, und ich war sofort mit dem Vorschlag einverstanden, obwohl ich mir nicht vorstellen konnte, wie sie mich auf dem schmalen Dach unterbringen wollten. Ich mußte mich halb sitzend, halb liegend so in der Mitte des Daches plazieren, daß meine Beine vor der Scheibe baumelten, während Kopf und Rücken über den Rand der Ladefläche hingen. Die beiden Koffer wurden mir rechts und links an die Handgelenke gebunden. Dann banden die beiden Männer um meinen Körper ein dickes Seil, das fest mit der Karosserieverstrebung verknotet wurde. Nun konnte ich mich kaum noch bewegen. Wir vereinbarten, daß ich bei Gefahr mit den Stiefeln gegen die Scheibe klopfen sollte. So lange meine Beine vor der Windschutzscheibe baumelten, wußten sie ja, daß ich noch auf dem Dach war.

Dann ging es los. Die Frauen hinter mir hielten sich an der Karosserie fest. Ich klammerte mich durch die Koffergriffe hindurch seitlich an den Aufbau über der Tür. Den Schnee ließ ich ungehindert ins Gesicht fallen, da ich ja die Hände wegen der angebundenen Koffer nicht bewegen konnte. Ein Glück, daß ich meine dicken Fausthandschuhe angezogen hatte. Schon nach kurzer Zeit war ich tief eingeschneit, meine Hände waren gefühllos. Die Fahrer tasteten sich vorsichtig durch den Schnee, und ab und zu schleuderte der Fahrtwind etwas Schnee von meinem Körper, der in den dicken Mantel eingehüllt war.

Als ich einmal versuchte, die Augenlider zu öffnen und in die Gegend zu blinzeln, machte ich sie vor Schreck ganz schnell wieder zu. Der Augenblick hatte genügt, um zu sehen, daß unser kleiner überladener Wagen vorsichtig auf einer schmalen, kurvenreichen Bergstrecke dahinfuhr, die wir heute morgen, als wir sicher auf unserem Laster standen, noch bewundert hatten. Links neben uns gähnte ein tiefer Abgrund, während auf der rechten Seite eine steile Felswand in den Himmel ragte.

Meine Gedanken wirbelten ebenso schnell durch den Kopf wie die Schneeflocken durch die Nacht. Mir fielen die Erzählungen aus Petersdorf ein, die dort von Mund zu Mund gegangen waren. Die Riesengebirgsbauern, die sich auf dem Treck befanden, berichteten, daß viele Bauernwagen aus dem flachen Land nicht die für das Bergland erforderlichen Bremsvorrichtungen hatten. So passierte es, daß Frauen ihre überladenen Pferdewagen nicht genügend abbremsen konnten und auf den vereisten Straßen in den Abgrund stürzten oder einen Achsenbruch erlitten. Nicht selten wurden neben den Tieren auch Menschen mit in die Tiefe gerissen.

Ich versuchte, meine trüben Gedanken zu überwinden, indem ich an meine Mutter dachte. Sie machte sich inzwischen sicher meinetwegen schon große Sorgen. Im Innern betete ich, daß uns auf der engen Straße kein Fuhrwerk entgegenkommen möge.

Nun, es verlief alles gut, und auch die angstvollen Minuten gingen vorüber. Gegen 22 Uhr hielten wir in Gablonz, und ich wurde aus meiner unglücklichen Lage befreit. Erst jetzt stellte ich fest, daß ich unterwegs einen von meinen dicken Fausthandschuhen verloren hatte. Er mußte mir von der Hand gerutscht sein, und da ich kein Gefühl mehr in den Händen hatte, habe ich es nicht bemerkt. Dafür hatte ich die beiden Koffer und war zufrieden, obwohl meine Hände von dem Frost natürlich wieder dick angeschwollen waren.

Die beiden Männer stiegen aus dem Wagen und banden mich los. Meine Glieder wollten nicht mehr gehorchen, doch der Wagen mußte weiterfahren, damit die Frauen mit den Kindern endlich in ihr Quartier kamen. Ich verabschiedete mich von den beiden ortskundigen Fahrern, die mir noch den Weg zur Schule erklärten. Dann stand ich mit meinen beiden schweren Koffern allein auf der dunklen Straße, trampelte mit den Füßen und schlug kräftig mit den Armen, damit das Blut in die Adern zurückkehrte. Jetzt nahm ich die Koffer in beide Hände und machte mich auf den Weg. Es war nur drei Straßenecken weiter. Als ich erschöpft, aber froh über mein erfolgreich beendetes Abenteuer in die verdunkelte Turnhalle eintrat, in der Mutter mit Herrn und Frau Scholz in einer Ecke saß, ließ ich die Koffer fallen und schloß Mutter, über deren Wangen die Tränen der Erleichterung liefen, in die Arme. Auch Frau Scholz nahm mich gerührt und dankbar in den Arm.

Am nächsten Tag mußten wir wieder unsere Sachen packen. Wir trennten uns von dem Ehepaar Scholz, das von hier aus nach Sachsen weiterfahren wollte, während wir uns treiben ließen. Wir kamen nach Grünwald in der Nähe von Gablonz und sollten hier zunächst einige Tage bleiben. Ich hatte mich mit einem jungen Mädchen angefreundet, das auch in der Turnhalle von Gablonz übernachtet hatte. Sie hieß Ilse und war zwei Jahre älter als ich. Da sie allein auf der Flucht war, schloß sie sich uns an. Wir verstanden uns auf Anhieb gut. Sie hatte ein unkompliziertes Wesen und war stets gut gelaunt.

Am 1. März, es war noch immer strenger Winter, wollte ich mit Ilse in Gablonz ins Kino gehen. Mutter hatte sich für diese Zeit beim Friseur angemeldet. Wir fuhren also mit dem Bus zur Nachmittagsvorstellung und stellten uns am Ende der Schlange an, die vor der Kinokasse wartete. Es war das einzige Kino im Ort und immer ausgebucht. Glücklicherweise bekamen wir noch eine Eintrittskarte. Der Hauptfilm hatte kaum angefangen, da wurde er durch eine Stimme aus dem Lautsprecher unterbrochen.

»Die Grünwalder Flüchtlinge werden gebeten, sofort ins Lager zurückzukommen!« hieß es. Seufzend erhoben wir uns mit den anderen Leidensgenossen aus den Sesseln und fuhren auf dem schnellsten Wege mit einem Bus ins Lager zurück. Dort angekommen, wurde uns gesagt, daß wir um 18 Uhr weitertransportiert würden. Mutter war noch nicht vom Friseur zurück. Ich packte also rasch unsere Sachen zusammen, während Ilse zum Verschönerungsrat lief, um meine Mutter zu benachrichtigen. Es dauerte nicht lange, da kamen sie zurück. Wir setzten uns zu den anderen in den Aufenthaltsraum und warteten auf die Weiterfahrt.

Gegen 20^{30} Uhr schließlich wurden wir mit Lastwagen zum nächsten Bahnhof gefahren. Dort packte man uns in einen uralten Zug, wie ich ihn noch nie gesehen hatte. Die Holzbänke glichen Pritschen. Sie waren vollkommen verdreckt und zerkratzt. Wir mußten eng zusammenrücken, denn immer wieder kam ein neuer Lastwagen mit Nachschub, der untergebracht werden mußte. Wir Jüngeren standen in den Gängen und Abteilen, während die Ältesten einen Sitzplatz bekamen. Eine Toilette befand sich nicht in diesem Zug.

In unser Abteil war eine Mutter mit einem zwölfjährigen gelähmten Jungen eingestiegen. Sie hatte das Kind mit Billigung der übrigen Fahrgäste an einen Fensterplatz gesetzt, und es fühlte sich dort den Umständen entsprechend wohl. Als wir schon einige Zeit unterwegs waren, überkam den Jungen ein menschliches Bedürfnis. Die Mutter suchte verzweifelt nach einem Ausweg, um ihrem Kind zu helfen. Als die Not des Kranken immer größer wurde, nahm sie ein dickes Stück Packpapier, ließ das Kind darauf seine Notdurft verrichten und warf es danach aus dem Fenster des fahrenden Zuges. Sie entschuldigte sich vielmals bei den Mitreisenden, aber obwohl sich nun ein durchdringender Gestank ausbreitete, war keiner unter uns, der für diesen Vorfall kein Verständnis gehabt hätte. Es war selbstverständlich, daß dem kranken Kind geholfen werden mußte. Die arme Frau, die mit dem kranken Kind unterwegs war, hatte unser aller Mitgefühl. In Jung Bunzlau (Tschechoslowakei) wurde der Zug auf ein Abstellgleis gefahren, und wir mußten dort die Nacht verbringen. Jetzt konnten wir die Wagen verlassen und neben den Gleisen selbst unsere Notdurft verrichten. Es war sehr primitiv, aber was sollten wir machen? Wir bekamen nicht viel Ruhe in dieser Nacht, weil wir uns gegenseitig im Sitzen abwechselten, und im Stehen läßt es sich nun mal schlecht schlafen. Am nächsten Morgen hörten wir, daß wir nach Iglau weitergeleitet werden sollten und atmeten auf, als sich der Zug endlich wieder in Bewegung setzte.

Am 3. März 1945 kamen wir schließlich in die „Goldene Stadt" Prag, die wir jedoch nur vom Bahnhof aus kennenlernten. Hier durften wir in einen besseren Zug umsteigen, der uns nach Beraun, südlich von Prag, führte. In Beraun sollten wir zunächst für längere Zeit bleiben. Wir wurden in ein Auffanglager, das in einem Kinosaal eingerichtet war, gebracht. Ilse schlug ihr Lager neben uns auf, inzwischen für uns drei eine Selbstverständlichkeit! Da es hieß, daß es nun nicht mehr weitergeht, richteten wir uns hier etwas häuslicher ein. Wir erhielten Lebensmittelkarten, mit denen wir in der Stadt einkaufen konnten, und täglich wurde uns eine warme Mahlzeit von deutschen Soldaten aus einer nahegelegenen Kaserne gebracht. Die Tschechen verhielten sich uns gegenüber ausgesprochen zurückhaltend, um nicht zu sagen unfreundlich. Wir konnten an unserer Situation nichts ändern, verstanden aber andererseits ihre Einstellung uns gegenüber. Sie lebten seit Anfang des Krieges unter deutscher Besatzung. Obwohl es ihnen in bezug auf Lebensmittel und Kleidung gut ging, vermißten sie ihre Freiheit. Sehr offen durften sie ihre Wut über unser Dasein nicht zum Ausdruck bringen, da sie dann mit einer

Bestrafung seitens der deutschen Besatzungsmacht rechnen mußten. Wir hielten uns also, so gut es ging, von der Bevölkerung fern.

Die in der Nähe liegende deutsche Kaserne hatte die Betreuung der Flüchtlinge im Ort übernommen. Ilse und ich vertrieben uns die Zeit damit, daß wir den Vorführraum des Kinos, der nicht mehr gebraucht wurde und stark verdreckt war, gründlich schrubbten und etwas wohnlich herrichteten. Dann baten wir die Lagerleitung um Erlaubnis, einige besonders schwache alte Flüchtlinge aus dem Saal hier unterzubringen. Wir hatten unter uns zwei sehr alte Ehepaare, die mit dem improvisierten Lagerleben und der ewigen Unruhe, die im Saal herrschte, nicht zurechtkamen. Die Betreuung der Alten wollten wir gern mit übernehmen. Als die Lagerleitung sah, wie ernst es uns mit unserem Anliegen war, unterstützte sie uns dadurch, daß sie uns frisches Stroh zur Verfügung stellte und sogar zwei Feldbetten aufschlug. In die Betten kamen zwei Kranke, um die sich ein Militärarzt kümmerte, während je eine Ecke des Raumes für ein Ehepaar eingerichtet wurde. Mit Decken, die über quer durch das Zimmer gespannte Schnüre gehängt wurden, hatten wir die Schlafstellen untereinander abgeteilt. Wir waren mit unserem Werk ganz zufrieden, als wir zwei Wochen später ins Hotel Nové eingewiesen wurden. Auch hier war es erträglich. Wir lagerten im großen Saal des Hotels.

Eines Morgens erschienen zwei Offiziere der Waffen-SS im Lager und kontrollierten unsere Ausweise. Den Jüngeren unter uns, auch Ilse und mir, wurde mitgeteilt, daß wir nach Prag kommen müßten, um bei der Wehrmacht zu arbeiten. Ich erklärte, daß ich ohne meine Mutter nicht nach Prag gehen würde, und die Herren meinten, daß Mutter mitkommen könnte, wenn sie bereit sei, ebenfalls eine Beschäftigung anzunehmen.

Sie versprachen uns eine möblierte Wohnung, und im übrigen ließ man uns wissen, daß wir keine Wahl hätten, ganz besonders ich nicht, da ich aus dem Kriegshilfsdienst lediglich beurlaubt sei. Wir mußten also auf die Bedingungen eingehen. Es wurde uns schnell klar, daß wir auf der Flucht ganz dem Wohlwollen unserer Betreuer ausgeliefert waren, und schlechter als hier konnte es uns in Prag nicht gehen, zumal wir wieder eine Wohnung mit Betten bekommen würden. Arbeit scheuten wir nicht.

Am 19. März 1945 zogen wir mit Sack und Pack in Prag ein. Unsere alte Sportkarre aus Petersdorf, die uns bisher so treue Dienste geleistet hatte, war voller Koffer gepackt. Zusammen mit Ilse kamen wir auf dem Hauptbahnhof an. Die Offiziere hatten uns die Fahrscheine übergeben und die Adresse aufgeschrieben, bei der wir uns melden mußten, um die Wohnung zu beziehen. Wir drei trabten also vom Bahnhof durch die vielgerühmte Stadt zur Nikolandergasse 6. Dort meldeten wir uns mit unseren Unterlagen beim Portier, und dieser wies uns tatsächlich eine Wohnung zu. Er beäugte unsere alte vollgeladene Sportkarre ebenso mißtrauisch wie unterwegs die Menschen, denen wir begegneten, äußerte jedoch kein Wort über unseren Aufzug, sondern war recht nett. Wir erhielten in der ersten Etage eine Wohnung, in der Mutter und mir ein Schlafraum zugeteilt wurde. Ilse kam mit zwei anderen jungen Mädchen, die ebenfalls auf der Flucht zur Arbeit bei der Wehrmacht verpflichtet worden waren, in den zweiten Schlafraum. Küche und Badezimmer wurden von uns gemeinsam benutzt. Wir fühlten uns nach den bisherigen Strohlagern in dieser möblierten Wohnung sofort wohl und genossen es, wieder in einem Bett zu schlafen. Zunächst stellten wir den Heißwasser-Gasofen im

Badezimmer an. Dann badeten wir nacheinander ausgiebig und mit Wohlbehagen. Nun waren wir doch recht zufrieden, auf diese Weise dem Lager entkommen zu sein. Am nächsten Tag meldeten wir uns bei der Kommandantur und bekamen dort unsere Arbeitsplätze zugewiesen. Mutter wurde einem deutschen Lazarett in Prag-Dewitz zugeteilt, ich kam nach Prag-Russin in das Büro einer Kaserne. Ilse arbeitete in einer anderen Kaserne in Küche und Kasino.

Meine Arbeit gefiel mir nach kurzer Einarbeitung gut. Endlich konnte ich meine in Abendkursen während des letzten Schuljahres erlernten Fertigkeiten in Stenografie und Maschineschreiben praktisch anwenden. Anfangs ging es noch langsam damit, doch mein Chef hatte Geduld, und bald bekam ich Routine und erledigte die mir aufgetragenen Arbeiten flott. Wir hatten jetzt jeden Tag um die Mittagszeit Fliegeralarm, und oft wurde den Soldaten Ausgangssperre verhängt. Die Lage in der Tschechoslowakei zwischen den Deutschen und den Einheimischen wurde immer gespannter.

Am ersten April, dem Ostersonntag, ging ich mit Mutter ins Kino. An den Feiertagen brauchten wir nicht zu arbeiten, und dann unternahmen wir weite Spaziergänge durch unsere Gaststadt. Es war herrliches Wetter, und wir gingen gern am Moldau-Ufer, das ganz in der Nähe unserer Wohnung lag, spazieren. Prag war eine wunderschöne Stadt, die uns mit jedem Tag besser gefiel. Mit den Einheimischen kamen wir kaum in Kontakt. Trotzdem hatte ich angefangen, etwas tschechisch zu lernen. In unserem Büro war ein Zivilangestellter, der mir Unterricht erteilte.

Jetzt häuften sich die Tieffliegerangriffe. Als ich eines Tages nach Dienstschluß am Nachmittag mit der Straßenbahn von Russin in die Stadt zurückfuhr, tauchte ein Flugzeug im Tiefflug auf, man hatte es vorher nicht hören können. Mit seinen Bordwaffen beschoß es deutsche Soldaten, die sich auf den Straßen aufhielten und bei den Schüssen blitzschnell zu Boden warfen. Ich konnte nicht sehen, ob einer getroffen wurde, da die Bahn unbeirrt weiterfuhr. Am nächsten Morgen hörte ich in der Kaserne, daß an diesem Tag drei Tiefflieger abgeschossen worden waren.

Nachdem am 22. April 1945 der Endangriff auf Berlin begonnen hatte, wollten die Tschechen am 24. April einen Aufstand durchführen. Er wurde jedoch im Keim erstickt. Prag war ab 20. April von den Deutschen zur Festung erklärt worden, und so befanden wir uns also wieder einmal in einer Festungsstadt. Schlimm, daß es nicht unsere Heimatstadt, sondern eine fremde war.

Mutter, Ilse und ich versuchten, unsere Arbeitsverhältnisse zu lösen, um aus der Tschechoslowakei, die uns unheimlich wurde, ins Reichsgebiet zurückzufahren. Überall hörten wir von Angriffen auf Deutsche, doch selten wurden Schuldige gefunden. Es versickerte alles im Untergrund.

Als ich um meine Entlassung bat, sagte man mir, daß man mich noch vierzehn Tage behalten müsse, und dann könne ich Prag verlassen. Ich wurde für die letzten Tage zur Standortverwaltung an die Moldau versetzt und hatte dadurch die Dienststelle ganz in der Nähe unserer Wohnung. Für mich war die Versetzung ein Vorteil, denn ich erhielt nicht nur wesentlich mehr Gehalt. Neben meiner angenehmen Beschäftigung im Büro mußte ich auch die Sonderzuteilungen für Offiziere, die aus Pralinen, Wein, Zigaretten, Kaffee und anderen Kostbarkeiten bestanden, vornehmen. Jedesmal fiel dann ein Teil für mich ab, und da Mutter und ich nicht rauchten und tranken, hatten wir bald eine größere Menge Zigaretten und Wein gehortet. Wir wollten sie zusammen mit Kaffee und Pralinen mitnehmen, um eventuell Lebensmittel dagegen einzutauschen. Unseren Vorrat aus der Kiste hatten wir inzwischen natürlich aufgebraucht und die Kiste mitsamt Schlitten an Zivilisten verkauft.

Am Donnerstag, den 3. Mai 1945, wurde uns in der Dienststelle offiziell bekanntgegeben, daß Adolf Hitler „gefallen" sei. Jetzt endlich erhielten wir die Ausreisegenehmigung. Viele Offiziere hatten sich inzwischen aus Prag abgesetzt, und auch die deutschen Kasernen wurden geräumt. Wir mußten noch bis zum Sonnabend warten und wollten am nächsten Tag in Richtung Bayern aus der Tschechoslowakei ausreisen.

Die Fahrkarten hatten wir bereits gelöst. Ilse wollte mit uns kommen und hatte ihren Arbeitsplatz ebenfalls aufgegeben. Wir beide brauchten am Samstag nur noch zur Abholung der Papiere auf den Dienststellen zu erscheinen, während Mutter noch den vollen Vormittag arbeiten sollte. Ilse und ich packten also im Laufe des Vormittags die Koffer und gingen dann in die Stadt, um die restlichen Einkäufe zu erledigen. Wenn Mutter nach Hause kam, waren die Geschäfte schon geschlosen, und wir wollten dann nur noch eine Nacht in Prag verbringen.

Die Nikolandergasse lag ganz in der Nähe des Wenzelsplatzes direkt in der Innenstadt. Wir wohnten in einem großen Mietshaus mit etwa zwanzig Familien. Im Hinterhaus waren nochmals 8 Wohnungen vermietet. Nur unsere Wohnung war von den Deutschen beschlagnahmt und möbliert worden. Mit den Mitbewohnern kamen wir kaum in Berührung. Wenn sie uns im Treppenhaus begegneten, grüßten wir freundlich, doch sonst hielten wir Distanz. Nur mit dem Hausverwalter, der im Parterre wohnte und gut deutsch sprach, mußten wir ab und zu verhandeln. Er war immer sehr freundlich und half uns, wenn Not am Mann war. In der Stadt war es an diesem Samstag wie immer. Die Prager Geschäftsleute begegneten uns reserviert, und ich war froh, daß wir endlich nach Deutschland zurückkehren konnten. Wir erledigten rasch unsere Einkäufe und waren durch die bevorstehende Abreise übermütig und vergnügt. Hier und da sahen wir Schaufenster an und blieben bei Straßenhändlern stehen, die ihre Ware feilboten. Wir hatten ja noch Zeit, bis Mutter gegen 14 Uhr zu Hause sein würde. So bummelten wir gemütlich durch die Stadt.

Schlag zwölf Uhr mittags, Ilse und ich waren in einer Hauptgeschäftsstraße in der Nähe des Wenzelsplatzes am Stand eines Straßenhändlers, ging der Sturm los. Während noch die Turmuhren schlugen, packte der Händler schleunigst seinen Stand zusammen, und es erhob sich eine unbeschreibliche Welle des Aufruhrs um uns herum. Die Menschen fielen sich in die Arme. Sie holten plötzlich aus ihren Taschen kleine Fähnchen, die sie jauchzend in der Luft schwenkten. An ihre Kleidung steckten sie Bänder mit den Landesfarben. Die deutschen Straßenbezeichnungen an den Ecken wurden unter Gejohle heruntergerissen und durch tschechische Schilder ersetzt. Die Leute in den Straßenbahnen ließen kleine Flaggen mit Nationalfarben aus den Zügen wehen und kreischten. Große Lastwagen mit bewaffneten Männern fuhren vorbei und wurden von den Personen auf den Bürgersteigen umjubelt. Wir standen sprachlos in diesem Chaos, bis wir begriffen, daß dies ein Aufstand war. Schon allein damit, daß wir keine Fahnen und keine Bänder für den Mantel besaßen, machten wir uns verdächtig. Ein großes Angstgefühl überkam uns, und wir nutzten das Durcheinander auf den Straßen aus, um schnellstens unseren Rückzug anzutreten. Glücklicherweise war unsere Wohnung nur zehn

Minuten entfernt. Wir zitterten vor Aufregung an allen Gliedern und hüteten uns, auf der Straße ein Wort miteinander zu wechseln. Da wir so nah wohnten, brauchten wir kein Verkehrsmittel zu benutzen. In der Straßenbahn wäre es unweigerlich aufgefallen, daß wir Deutsche waren. So gingen wir mit unserer Einkaufstasche durch die Straßen, bemüht, ebenfalls ein freudiges Gesicht über den Trubel, der um uns brandete, aufzusetzen. Endlich gelangten wir in die Wohnung. Doch auch hier fühlten wir uns nicht mehr sicher.

Wenn wir uns am Fenster sehen ließen, schimpften die gegenüber wohnenden Tschechen zu uns herüber. Also zogen wir alle Gardinen vor und hielten uns im Inneren der Wohnung auf. Da außer uns beiden keiner von den anderen Mitbewohnern gekommen war, stellten wir vorsichtshalber einen Kleiderschrank vor die Flurtür. Noch hatten wir Ruhe vor den Mietern dieses Hauses, doch wer wußte wie lange? Sie warteten zunächst sicherlich ab, wie der Putsch ausgehen würde, und wagten noch keine Übergriffe im Haus.

Auf der Straße mußte der Teufel los sein. Wir hörten Schreie und Schüsse bis in unsere verrammelte Wohnung, obwohl das Haus in einer sonst sehr ruhigen Seitenstraße lag. Der Sturm des Aufstandes wurde immer schlimmer, je weiter der Tag vorrückte. Ich hoffte inbrünstig, daß Mutter jeden Augenblick kommen würde, damit wir wenigstens zusammen waren. Andererseits konnte ich mir nicht vorstellen, wie sie es schaffen sollte, von Dewitz mit der Straßenbahn unerkannt als Deutsche durchzukommen.

Durch die Straßenlautsprecher schallten unentwegt Befehle in deutscher Sprache. Die Waffen-SS, die Wehrmacht und alle Deutschen wurden aufgefordert, die Stadt sofort zu verlassen. Die Stimmen drangen deutlich in unsere Wohnung. Wir standen hinter der Gardine und lauschten durch das angelehnte Fenster den haßerfüllten Worten.

Es wurde Spätnachmittag. Bisher hatten sich weder Mutter noch eine der beiden anderen Bewohnerinnen blicken lassen. Uns wurde allmählich unheimlich. Es konnte nicht mehr lange dauern, bis die Tschechen unsere Wohnung stürmen würden. Wir wollten daher vor Einbruch der Nacht etwas zu unserer Rettung unternehmen. Gegen 19 Uhr, auf der Straße war es inzwischen ruhiger geworden und ein leichter Nieselregen hatte eingesetzt, fiel plötzlich aus dem Hinterhaus ein Schuß in unsere Küche. Wir krochen vorsichtig auf allen Vieren über den kleinen Korridor und stellten fest, daß wir hier vergessen hatten, die Vorhänge zuzuziehen. Der Schuß hatte die Fensterscheibe zersplittert und war in die gegenüberliegende Wand neben der Tür eingeschlagen.

Nun fühlten wir Panik in uns hochsteigen. Wir überlegten fieberhaft, wie wir uns in Sicherheit bringen könnten. Vor dem Haß der Tschechen fürchteten wir uns, obwohl wir keinem von ihnen je etwas getan hatten. Auf keinen Fall wollten wir noch länger allein in der unsicheren Wohnung bleiben und die augenblickliche Stille auf der Straße nutzen, um uns aus dem Haus zu schleichen. Gegenseitig machten wir uns Mut. Jede von uns nahm eine Handtasche mit den wichtigsten Papieren, dem Geld und den nötigsten Toiletten-Utensilien. Da es regnete, nahmen wir auch meinen Knirps mit. Einen Koffer oder eine größere Tasche mitzunehmen, konnten wir nicht riskieren, da wir damit unweigerlich aufgefallen wären. Die fertig gepackten Koffer stellten wir in eine Ecke unseres Zimmers. Dann rückten wir vorsichtig den Schrank von der Tür und verließen leise die Wohnung, die wir sorgfältig verschlossen. Im Treppenhaus begegnete uns kein Mensch, und wir kamen ungehindert auf die Straße. Wir wollten versuchen, über die Karlsbrücke auf die andere Seite der Moldau zu gelangen. Uns war bekannt, daß sich auf dem Kleinseitner Ring ein deutsches Lazarett befand. Dahin wollten wir durchkommen. Vielleicht waren wir dort in Sicherheit. Uns stand ein Fußweg von etwa 45 Minuten bevor. Ich hatte Ilse während unserer langen Wartezeit in der Wohnung einige tschechische Worte wie »Ja«, »Nein«, »Danke« usw. beigebracht und schärfte ihr ein, unter keinen Umständen ein deutsches Wort über die Lippen zu bringen. Besser wäre es dann, wenn wir gar nichts sagten.

Auf der Straße, als wir außer Sichtweite unseres Hauses waren, hakten wir uns ein und spannten den Regenschirm auf. Wir gingen möglichst unbefangen die Straße hinunter bis zur Hauptstraße, die vom Wenzelsplatz direkt zur Moldau führt. Vereinzelt hörten wir Schüsse fallen, doch es waren nicht mehr viele Menschen draußen. Der Schirm gab uns Gelegenheit, uns ein wenig dahinter zu verstecken. An der Brücke beim Theater, zehn Minuten von unserer Wohnung entfernt, wollten wir über die Moldau gehen, um möglichst rasch aus dem Innenbezirk Prags herauszukommen.

Als wir in die Nähe des Theaters kamen, winkten uns von der Brücke einige Männer zu, die damit beschäftigt waren, eine Barrikade auf der Straße zu errichten. Man rief etwas zu uns herüber, und aus den Gesten entnahmen wir, daß wir hier nicht mehr hinüber konnten. Wir lachten zurück und riefen: »Ano, ano« (ja, ja), als ob wir verstanden hätten. Noch immer lachend und winkend wandten wir uns nach links, um unser Glück an der nächsten Moldaubrücke zu versuchen. Wir gingen auf der Promenade entlang, die wir von manchem Sonntagsspaziergang gut kannten. Als wir an einer Telefonzelle vorbeikamen, hörten wir plötzlich neben uns einen Schuß fallen. Erschrocken sprangen wir zur Seite. Da öffnete sich die Tür der Telefonkabine und ein Mann kippte heraus. Hinter uns kamen junge Männer angelaufen. Wir machten schnell, daß wir weiterkamen. Dem Mann, der reglos auf dem Boden lag, war sicherlich nicht mehr zu helfen.

Als wir unseren Schreck überwunden hatten, fiel uns ein, daß wir ja nicht so auffällig schnell gehen durften, und wir gingen etwas langsamer. Nach etwa zehn Minuten an der Moldau entlang erreichten wir endlich die nächste Brücke. Uns fiel ein großer Stein vom Herzen, als wir sahen, daß diese nicht gesperrt war. Es waren kaum Fußgänger unterwegs. In der Mitte der Brücke kam uns ein Lastwagen voll beladen mit bewaffneten Männern entgegen. Die Männer riefen und winkten uns zu, und wir winkten zurück, obwohl wir einem Zusammenbruch nahe waren. Am liebsten hätten wir geweint statt zu lachen.

Ilse flüsterte mir zu: »Ich kann nicht mehr, ich werde ohnmächtig.«

Wir stellten uns an das Brückengeländer und schauten auf die Moldau hinunter.

Ich redete Ilse zu: »Bald haben wir es geschafft. Halte dich an mir fest, und dann gehen wir langsam weiter. Du weißt doch, daß es nicht mehr weit ist zum Lazarett, wenn wir über der Brücke sind.«

Sie hakte sich wieder fest in meinen Arm, und als sie ihren Schwächeanfall überwunden hatte, konnten wir endlich weitergehen. Nun war es nur noch ein kleiner Weg bis zum Lazarett am Kleinseitner Ring. Ohne weitere Zwischenfälle kamen wir an das Lazarett-Tor. Der Pförtner ließ uns hinein, nachdem er unsere Ausweise überprüft hatte. Erst jetzt fühlten wir uns in Sicherheit.

Wie wir feststellen konnten, hatten viele Deutsche in diesem Lazarett Zuflucht gesucht. Der Aufenthaltsraum, der uns zugewiesen wurde, war dermaßen überfüllt, daß man sogar in den Gängen über deutsche Zivilpersonen stolperte. Für das Personal bedeutete der Zustrom der Landsleute eine unvorstellbare zusätzliche Belastung. Man ließ uns dies jedoch nicht merken. Keiner, der an der Tür klopfte, wurde zurückgewiesen. Als erstes fragte ich mich zum Büro durch. Dort bat ich die Oberschwester, das Lazarett in Prag-Dewitz anzurufen, in dem meine Mutter angestellt war. Sie war sehr freundlich und versuchte immer wieder, eine telefonische Verbindung zu bekommen. Es war einfach nicht möglich. Wie sich herausstellte, war die Innenstadt von den Außenbezirken vollkommen abgeriegelt. Schließlich mußten wir unsere vergeblichen Versuche aufgeben.

Aus den Straßenlautsprechern dröhnten noch immer Hetzparolen gegen die Deutschen. Sie wurden auf deutsch und tschechisch gesendet. Wir verfolgten die Durchsagen vom Gemeinschaftssaal des Krankenhauses aus. In der Nacht versuchten wir in einem stillen Eckchen, etwas Ruhe zu bekommen. Es war unmöglich. Immer wieder kamen neue Zivilisten, die Zuflucht im Lazarett suchten und erzählten, wie es draußen zuging. Wir erlebten das Leid der Menschen, die in Prag zu Hause waren und nun Hals über Kopf ihr Leben in Sicherheit bringen mußten. Die Tschechen brachen Wohnungen auf, von denen sie wußten, daß sie Deutschen gehörten.

Wer die Möglichkeit hatte, floh vorher und ließ alles stehen und liegen, wie wir es getan hatten. Viele Familien waren durch den Aufstand auseinandergerissen worden. Frauen und Kinder durften im Lazarett bleiben, die wenigen Männer jedoch wurden von den Frauen getrennt und anderweitig untergebracht. Wir alle wußten nicht, was aus uns werden sollte. Nachdem die Stationsschwester sich auch am Sonntag vergeblich bemüht hatte, zum Lazarett meiner Mutter eine Verbindung zu bekommen, mußten wir endgültig aufgeben. Die Leitungen waren tot. Am Montag wurde von den aufgestachelten und aufgeputschten Tschechen ins Lazarett geschossen. Daraufhin befahlen die Tschechen, Zivilpersonen aus dem Lazarett zu internieren, damit die Kranken geschützt werden könnten.

Wir wurden von tschechischen Polizisten abgeholt und in den Hof eines Palastes gebracht. Kinder und Frauen durften zusammenbleiben, Männer wurden separat abgeführt. Man führte einen Deutschen, der angeblich aus dem Lazarett geschossen haben sollte, in den Hof und stellte ihn mit erhobenen Händen an die Wand. Sein Kopf war verbunden. Uns wurde von den Wachen streng untersagt, sich ihm zu nähern. Die Luft war heiß und schwül. Wir suchten uns schattige Plätze im Hof. Die Kinder waren unruhig und weinten. Den Mann an der Mauer hatte man in die glühende Sonne gestellt, und es dauerte nicht lange, da fiel er um. Er mußte ohnmächtig geworden sein. Zwei Wachen trugen ihn weg, und wir erfuhren nie, was aus ihm geworden war.

Als die Dämmerung hereinbrach, flutete eine Welle der Erregung durch unsere Reihen. Es stellte sich heraus, daß sich zwei ältere Schwestern vergiftet hatten. Sie waren zusammengebrochen und wurden nun eilig von den Wachen weggetragen. Bei Einbruch der Dunkelheit wurden wir endlich aus dem Hof geführt und in ein Kino eingewiesen. Der Saal befand sich im Kellergeschoß, wie bei vielen Kinos in Prag.

Wir wurden in den völlig überfüllten Raum gesperrt, über dem eine drückende Schwüle lag. Den Kindern und älteren Frauen überließen wir die Sitzplätze, während wir Jüngeren in den Gängen und Ecken einen Schlafplatz suchten. Auch die Bühne war überfüllt. Ilse und ich schliefen jeweils unter zwei Stühlen, auf denen zwei ältere Frauen saßen. Unter den einen Stuhl steckten wir den Kopf und unter den anderen den Rumpf. Die Beine wurden in den Gang hinaus gedreht. Es passierte mehrmals, daß uns jemand auf dem Weg zur Toilette auf die hervorstehenden Beine trat. Wir schliefen trotzdem sofort wieder ein, da wir total erschöpft waren.

In der zweiten Nacht schnitt sich eine Frau die Pulsadern auf. Eine andere verlor ihren Verstand und schrie in der Dunkelheit gellend wie ein Stück Vieh, das gepeinigt wurde. Sie stürzte sich auf jeden, der ihr zu nahe kam. Es war grauenhaft. Den schrillen Schrei werde ich nie vergessen. Nachdem sie überwältigt worden war und den Raum verlassen hatte, trat wieder Ruhe ein, die gespenstisch wirkte. Am 9. Mai, inzwischen waren vier Tage seit dem Beginn des Aufstandes vergangen und wir von der Außenwelt in unserem Kino vollkommen abgeschnitten, wurden junge Frauen, die in Prag gewohnt hatten, namentlich aufgerufen. Sie mußten heraustreten und wurden auf die Straßen geführt, wo sie Barrikaden wegräumen sollten. Als sie am Spätnachmittag ins Kino zurückkamen, waren sie zerschunden und geschändet. Man hatte ihnen während der Arbeit die Haare abgeschnitten, die Kleider zerrissen und auf den Rükken Hakenkreuze mit Kreide gemalt. Sie wurden von den Zivilisten bespuckt und getreten und konnten sich nicht ihrer Haut wehren. Die Bewachung unternahm nichts zu ihrem Schutz. Wie sie uns weinend berichteten, waren die tschechischen Frauen zeitweise schlimmer auf sie losgegangen als die Männer. Wir waren alle entsetzt und versuchten, den Betroffenen so gut es ging zu helfen. Sie erhielten Tücher für ihre verunstalteten Köpfe, und wer ein Kleid erübrigen konnte, gab es ihnen. Alle Frauen, die in Prag gewohnt hatten, befürchteten nun, daß sie in den nächsten Tagen an der Reihe sein würden, aber dieser Vorfall wiederholte sich nicht mehr.

Ilse und ich hatten unsere Prager Adresse bei den Kontrollen nie angegeben. Wir behaupteten, daß wir uns auf der Flucht befunden hätten, als der Aufstand losbrach, was ja auch in etwa der Wahrheit entsprach. Als wir zwei am nächsten Tag aufgerufen wurden und zur Aufsicht kommen mußten, ahnten wir nichts Gutes. Wie sich jedoch zu unserer Erleichterung ergab, wurden wir zu einer Arbeitsstelle gebracht. Wir mußten den ganzen Tag über in Bürohäusern die Zimmer und Treppen putzen und kamen kaum mit Zivilisten in Berührung. Als wir abends wieder zurückkamen, erhielten wir ein achtel Liter dünne Wassersuppe.

Die Arbeit hatte uns müde gemacht, und wir schliefen sofort ein. Auch an den nächsten Tagen wurden wir zur Arbeit geführt. Einige Männer betrachteten uns jetzt als Freiwild und versuchten, uns zu nahe zu treten. Als ich allein einen Treppenflur scheuern mußte, wollte sich ein Tscheche auf mich stürzen. Ich wich ihm aus und erklärte ihm deutlich, nachdem ich meinen ersten Schreck überwunden hatte, daß ich Krankenschwester wäre und dem Schutz des Internationalen Roten Kreuzes unterstehe.

Er solle sich gefälligst aus dem Staub machen, wenn er keine Bestrafung riskieren wolle. Nachdem er endlich kapiert hatte, ließ er tatsächlich seine Hände von mir, lächelte verlegen und verschwand.

Etwa eine Woche nach dem Aufstand zog in Prag wieder etwas Ruhe ein. Die Fronten hatten sich geklärt. In der Innenstadt waren die Prager Sieger geblieben, während in den Außenbezirken das deutsche Militär, das inzwischen die Stadt verließ, die Oberhand behalten hatte. Unser Pech war, daß wir uns bei Beginn des Aufstandes in der Innenstadt befanden und interniert worden waren.

Als wir am Samstag abend müde und abgespannt von unserer Arbeit ins Kino zurückkamen, mußten wir feststellen, daß man unsere wenigen Habseligkeiten durchsucht hatte. Obwohl wir nicht viel besaßen, hatte man mir die Armbanduhr meiner Mutter, die, um sie zu schonen, in der Tasche war, sowie die letzten 50 Zigaretten, die wir noch gegen Lebensmittel eintauschen wollten, gestohlen. Einige Ringe hatte ich in die Schulterpolster meines Kleides eingenäht. Diese wurden nicht gefunden, und ich hütete mein Geheimnis weiterhin. Ilse hatte ihre Sportuhr zur Arbeit mitgenommen und in ihre Haarrolle eingedreht. Dadurch blieb sie ihr erhalten.

Als wir die Wohnung verließen, zog ich mir ein blaues Wollkleid mit Plisseerock und langen Ärmeln an. Dieses Lieblingskleid, das ich zur Prüfung bekommen hatte, war aus einem erstklassigen Wollstoff genäht. Obwohl ich es nun, da es mein einziges war, Tag und Nacht tragen mußte, darin arbeitete und schlief, sah es immer wie neu aus. Die Plisseefalten saßen wie frisch aufgebügelt. Vielfach wurde ich für eine Studentin aus Prag gehalten.

Eines Tages, als ich die Eingangstreppe des Kinos, in dem wir noch immer untergebracht waren, putzen mußte, wurde ich von einem jungen Tschechen angesprochen. Ich erschrak zuerst, als er mich fragte, ob ich Studentin sei, und wußte nicht, was ich antworten sollte. Er fragte weiter, ob ich außer der deutschen noch eine andere Sprache spreche, und ich sagte zögernd, ich könne etwas englisch. Daraufhin erzählte er mir, daß er Student sei und mit Deutschen zusammen die Hochschule besuche. Die deutschen Kommilitonen waren schlagartig weggeblieben. Er hatte sich seitlich vor die Schaukästen des Kinos gestellt, und ich putzte weiter. Während ich ihm zuhörte, sah ich ihn nicht an. Ich erfuhr von ihm in englisch, daß sich die SS, bevor sie die Stadt verlassen hatte, noch einige Greueltaten hätte zuschulden kommen lassen. Ich erwiderte, daß ich nicht alles glaubte, und auch er gab zu, daß vielleicht nur die Hälfte von dem, was erzählt würde, der Wahrheit entspräche. Er wußte ja, wie seine eigenen Landsleute über die Deutschen herfielen. Allzu große Bedenken konnte ich jedoch nicht anmelden, da ich ja in den Händen der Tschechen war und mir damit keinen Gefallen getan hätte.

Der junge Mann jedenfalls war sehr nett, obwohl er sich mit seinem Schwätzchen in eine große Gefahr begab. Er fragte mich, ob er etwas für mich tun könne. Ich erzählte ihm, während ich unentwegt weiterputzte, von unserer schlechten Verpflegung, unter der besonders Kinder und alte Frauen litten. Er versprach mir, am nächsten Tag wieder zu erscheinen. Er wollte versuchen, einige Lebensmittelmarken, die wir noch besaßen, umzutauschen und uns Lebensmittel dafür zu besorgen. Als ich zurück ins Kino kam, organisierte ich heimlich von einigen Frauen die noch vorhandenen Karten und Geld und gab alles am nächsten Morgen dem jungen Mann. Er hielt tatsächlich Wort und stand zur verabredeten Zeit vor den Auslagen des Kinos. Obwohl ich nicht wußte, ob ich mich auf ihn verlassen konnte oder ob er ein Betrüger war, nutzte ich diese kleine Chance, an etwas Eßbares zu kommen. Leicht hätte mein Gönner mit dem Geld und den Lebensmittelkarten auf Nimmerwiedersehen verschwinden können. Einen Tag später brachte er jedoch Brote und Wurst, und es gelang ihm auch, mir dieses unbemerkt zu übergeben. Er hatte alles in einen Putzeimer gepackt und ließ diesen einfach an der Ecke des Kinos unter einem Strauch stehen. Als ich mich herzlich bedankte, meinte er, daß er sich nun leider nicht mehr sehen lassen würde, da sein tägliches Erscheinen auffallen würde. Er hatte mir nicht nur dieses Essen gebracht, sondern auch auf wunderbare Weise den Glauben an das Gute im Menschen zurückgegeben, indem er mir zeigte, daß nicht alle Tschechen die Deutschen haßten.

Die Lebensmittel schmuggelte ich mit dem Putzeimer in den Saal in eine versteckte Ecke auf der Bühne. Nach und nach verteilte ich an die alten Frauen und Mütter, die mir Geld und Karten gegeben hatten, die Waren. Sie konnten nicht fassen, daß sie Wurst und Brot bekamen. Nur wenigen konnte heimlich damit geholfen werden. Es war natürlich nur ein Tropfen auf den heißen Stein.

Am nächsten Morgen wurde mein Name »Finkova«, wie ich hier offiziell genannt wurde, aufgerufen. Zusammen mit vier anderen deutschen Frauen, die schon lange in Prag wohnten, mußte ich vor der Arbeit in das Büro des Lagerkommandanten kommen. In dem Büro saß außer diesem noch ein Zivilist. Die beiden unterhielten sich angeregt. Als wir eintraten, verstummte das Gespräch, und der Zivilist musterte uns neugierig. Der

Kommandant sprach in einem zornigen und wütenden Tonfall tschechisch auf uns ein. Ich konnte nichts verstehen und wunderte mich, als die vier anderen Frauen, die die Sprache beherrschten, plötzlich in Tränen ausbrachen. Sie bettelten den Kommandanten mit erhobenen Händen an, und zwei warfen sich vor ihm auf die Knie. Mir war die Szene unheimlich und ich wußte nicht recht, was ich davon halten sollte. Plötzlich wurde die Tür aufgerissen und ein Offizier trat ein. Er mußte ein hoher Vorgesetzter des Kommandanten sein, denn dieser sprang sofort auf und grüßte respektvoll.

Der Offizier wandte sich an die Frauen, gab ihnen einen kurzen Befehl, und sie beruhigten sich sofort. Die beiden auf dem Boden knienden Frauen standen auf und trockneten ihre Tränen. Dann wandte sich der Offizier an den Kommandanten und sprach erregt auf ihn ein. Der Zivilist drückte sich in eine Ecke. Er wirkte plötzlich etwas verstört. Der Kommandant machte auf einmal einen kleinlauten Eindruck, als er sich umdrehte und uns anwies, den Raum zu verlassen. Eiligst verließen wir das Zimmer. Während wir die Treppe zum Kinosaal hinabstiegen, erklärten mir die anderen Frauen aufgeregt, was sich soeben vor meinen Augen abgespielt hatte.

Der Kommandant hatte uns voller Haß entgegengeschleudert, daß Angehörige der Waffen-SS in Prag fünf Frauen ermordet hätten. Als Vergeltungsmaßnahme wollten sie zur Strafe fünf deutsche Frauen, also uns, erschießen. Als ich das hörte, wurden mir die Knie weich, und ich fing nachträglich am ganzen Körper an zu zittern. Nun verstand ich endlich die Aufregung der Frauen in der Kommandantur. Sie erzählten weiter, daß der Offizier dem Kommandanten wegen seines Vorhabens, das ihm auf irgendeine Weise zu Ohren gekommen war, Vorhaltungen gemacht hätte und daß er befahl, uns sofort freizulassen. Ich kann nicht beschreiben, wie mir zumute war, als ich jetzt von der Gefahr erfuhr, in der wir geschwebt hatten. Den ganzen Morgen konnte ich mich nicht beruhigen, und auch Ilse, der ich alles sofort erzählte, war starr vor Schreck. Ob die Anschuldigungen des Kommandanten stimmten oder nur erfunden waren, konnten wir nie erfahren.

Am folgenden Tag wurde das Lager aufgelöst und wir mußten weiter. Nachmittags, als wir von der Arbeit kamen, wurden wir namentlich aufgerufen und mußten uns in die lange Reihe der Lagerinsassen einreihen. Als wir alle zusammen waren, ging es los. Es war ein sehr langer Zug. Auf der Straße gehend, wurden wir zum Hradschin geführt. Dort oben kamen wir vor ein altes Gemäuer, von dem die einheimischen Frauen vermuteten, daß es sich um eine ehemalige Arrestanstalt der Wehrmacht handelte. Wir wurden durch das breite Gittertor in einen viereckigen Hof geführt. Uns ward wieder einmal bange, als wir sahen, wie hinter uns das Tor abgeschlossen wurde. Im Hof rief uns das Wachpersonal namentlich von langen Listen auf, und dann bekamen wir die Zellen zugewiesen.

Ich kam mit Ilse und einer anderen Frau zusammen in eine Zelle, die mit einem dreistöckigen Etagenbett, einem kleinen Wandbord und einem am Fußboden festgenagelten kleinen Tisch mit drei Hockern möbliert war. Als ich mein Bett näher besah, entdeckte ich eine Wanze. Ich ekelte mich davor, und wie sich herausstellte, gab es diese lieben Tierchen hier in großer Zahl. Obwohl es schon dunkelte, baten wir die Aufsicht um einen Schrubber und Eimer. Zu unserer Überraschung erhielten wir diese Dinge. Nun machten wir drei uns an die Arbeit, nahmen die Betten gründlich auseinander, schrubbten alle Holzteile und den Fußboden ausgiebig, als ob davon unsere Seligkeit abhinge. Die Strohsäcke wurden ausgeschlagen, und als das Werk endlich vollendet war, fühlten wir uns in unserer engen Behausung schon viel wohler. Wir gaben Eimer und Schrubber zurück und wurden nun in die Zelle eingeschlossen. Nachts im Bett mußte ich wieder an meine Mutter denken und hoffte, daß ich sie vielleicht einmal im Lager treffen würde. Bisher hatte ich überall vergeblich nach ihr Ausschau gehalten.

In diesem Kloster machte ich am nächsten Morgen, als ich die Toilette aufsuchte, eine merkwürdige Entdeckung. Des Nachts durften wir nicht zur Toilette. Man hatte uns, bevor wir eingeschlossen wurden, einen Eimer in die Zelle gestellt, den wir während der Nacht benutzen sollten. Als junges Mädchen hatte ich daheim ab und zu einen seltsamen Traum. In diesem Traum wollte ich zur Toilette gehen und kam dann jedesmal in einen Raum, in dem mehrere Becken standen. Die Toiletten hatten keinen Deckel, und ich wachte jedesmal schweißgebadet auf, weil man mir, wenn ich mich setzen wollte, von allen Seiten zusah. In diesem Kloster oder was immer dieses Gebäude auch war, gab es nun tatsächlich diesen Traum-Toilettenraum mit zehn offenen Toilettenbecken, und wir mußten ihn unter Aufsicht aufsuchen.

Alles spielte sich wie in meinen Träumen ab. Da hier eine große Anzahl Internierter untergebracht war, gab es eine Zeiteinteilung für die Toilettenbenutzung. Frauen kamen mit Kindern zusammen, und die in der Minderzahl anwesenden Männer gesondert. Wenn der Körper sich an diese vorgeschriebenen Zeiten nicht anpassen wollte, konnte einem schon der Angstschweiß ausbrechen, denn dann mußte der Eimer in der Zelle benutzt werden. Es war ein regelrechter Alptraum. Wir blieben vier Tage in den Zellen – bis zum 18. Mai. Nachdem wir das Kloster verlassen hatten, kam der Traum, der zur beklemmenden Wirklichkeit geworden war, nie wieder. Während dieser Zeit waren wir ausschließlich eingesperrt. Wir wurden von anderen Leidensgenossen getrennt und fühlten uns wie Gefangene. Oft sahen wir sehnsüchtig durch das vergitterte Fensterchen in den Himmel. Da es jedoch sehr hoch angebracht war, konnten wir nie mehr als ein kleines Stück davon sehen. Lediglich, wenn mittags ein Teller Suppe hereingereicht wurde, hatten wir eine kleine Unterbrechung in diesem trübseligen Dasein.

Ich weiß nicht mehr, in welcher Nacht es war, als plötzlich ohrenbetäubender Lärm durch das Gitterfenster in unsere Zelle drang. Lärm wie Böllerschüsse, der uns hochschreckte und zum Fenster trieb. Zu unserer Überraschung sahen wir, daß der Himmel von abgeschossenen Feuerwerkskörpern erhellt war. Am nächsten Morgen erzählte man sich auf dem Treffpunkt „Örtchen", daß die Russen in Prag eingezogen waren und ihnen zu Ehren dieses Feuerwerk abgeschossen worden war. Außerdem tuschelte man, daß an diesem Abend mehrere Frauen, die in Prag beheimatet waren, aus den Zellen geholt wurden. Sie sollten die einmarschierten russischen Freunde bei einem Gelage bedienen. Die Panikstimmung unter uns wurde wieder größer, denn wer wußte, was uns noch bevorstand.

Wir waren froh, als es am 18. Mai schließlich hieß, daß wir jetzt weitertransportiert würden. Wohin wußte niemand. Wir fühlten uns den Bewachern hilflos ausgeliefert. Ohne etwas gegessen zu haben, wurden wir auf einem langen Marsch zum Bahnhof Dewitz geführt. Es war der Stadtteil, in dem sich meine Mutter aufgehalten hatte, als der Aufstand am 5. Mai ausgebrochen war. Obwohl inzwischen zwei Wochen vergangen waren, hoffte ich auf das Wunder, meine Mutter unterwegs zu entdecken. Auch hier am Bahnhof sah ich mir die Leute in den langen Reihen um die Güterwagen genau an. Leider wieder vergeblich.

An diesem Tag herrschte glühende Hitze. Als wir gegen Mittag am Bahnhof ankamen, hing uns vor Durst die Zunge aus dem trockenen Hals. Es waren Viehwagen bereitgestellt, die noch einen penetranten Gestank verbreiteten und in denen wir nun zusammengepfercht wurden. Die Wagen wurden so vollgestopft, daß es unmöglich war, sich auf den Boden zu setzen. Wir hatten kaum Platz zum Stehen, und der Schweiß der Leiber floß ineinander über. Umfallen konnte so keiner, obwohl uns allen zum Umfallen zumute war.

Ilse und ich standen in der langen Reihe hintenan, und so mußten wir bis zuletzt auf dem Bahnsteig stehen und ein grausames Schauspiel mit ansehen. Eine ältere Frau, sie trug einen braunen Ledermantel, beschimpfte die tschechischen Wachtposten, die die Waggons vollstopften und abriegelten, lauthals in deren Landessprache. Sie gab auch keine Ruhe, als man sie mit dem Lederriemen schlug. Obwohl sie vor Schmerz aufschrie und ihr das Blut am Mantel herunterfloß, als sie ins Gesicht geschlagen wurde, konnte sie den Mund nicht halten. Ihr schrilles Schreien wurde nur noch lauter, und wir sahen entsetzt, wie sich ihr graues Haar rot färbte. Schließlich wurde die sich mit Händen und Füßen wehrende Frau brutal von zwei Wachleuten gepackt und vom Schauplatz geführt. Es war schlimm. Unsere Bewacher waren durch diesen Zwischenfall nicht freundlicher gestimmt und griffen brutal durch, wenn ihre Anordnungen nicht oder zu langsam befolgt wurden. Eine junge Frau wollte für ihr Baby etwas Wasser holen. Ein Herr aus unseren Reihen wollte ihr behilflich sein und holte ihr aus einer Leitung am Bahnhofsgebäude das Wasser. Als er zurückkam, bemerkte einer der Wächter den Vorfall. Er ging auf den Mann zu, riß ihm die Thermosflasche mit dem Wasser aus der Hand, goß das Wasser auf den Boden und warf die Flasche in weitem Bogen zwischen die Bahngleise. Den Mann beschimpfte er unflätig und stieß ihn in einen Waggon. Die junge Mutter mit dem Baby wurde hinterhergestoßen und der Waggon verriegelt. In ohnmächtiger Wut mußten wir mit ansehen, wie die Bewacher ihren Haß an kleinen unschuldigen Kindern ausließen. Ich war froh, als ich endlich mit Ilse ebenfalls in einen der letzten Waggons eingepfercht wurde. Diese Grausamkeiten konnten wir nicht mit ansehen, ohne uns darüber aufzuregen. Wir vertrauten uns unsere Sorgen und Nöte an, und wenn wir einmal beide zusammen bitterlich geweint hatten, trösteten wir uns wieder.

Es war gut, daß wir zusammengeblieben waren. Eine von uns gewann ihren Optimismus zurück und übertrug ihn auf die andere. Endlich setzte sich der Zug mit der Menschenfracht in Bewegung. Nach einer unbeschreiblich strapaziösen Fahrt kamen wir am nächsten Morgen durchgeschwitzt und zum Umfallen müde in Raudnitz an. Schon auf dem Bahnsteig, als wir alle taumelnd die Waggons verließen, sahen wir viele Russen herumlaufen. Wir hatten Angst vor ihnen, weil es überall hieß, daß sie die Frauen vergewaltigten und schlimm behandelten. Unsere tschechischen Bewacher führten uns in eine Schule. Hier konnten wir endlich an der Wasserleitung unseren brennenden Durst stillen. An Essen war natürlich nicht zu denken. Einer von uns stellte fest, daß heute Pfingstsonntag, der 20. Mai, war. Es berührte uns kaum. Wir saßen in den Bänken einer Schulklasse und warteten, was nun werden sollte. Draußen hatte es nach langer Zeit angefangen zu regnen, und die schwüle Luft war milder geworden. Wir fühlten uns, nachdem wir etwas Wasser getrunken hatten, erfrischter als in den letzten Stunden, waren jedoch vollkommen apathisch. Die Männer hatte man inzwischen wieder von den Frauen und Kindern getrennt. Keiner wußte, was kommen würde.

Gegen Mittag kam ein Mann zu uns in die Klasse und erklärte, daß wir uns freiwillig dazu melden sollten, hier in der Tschechoslowakei zu bleiben, um bei den Bauern zu arbeiten. Ilse und mir behagte das nicht, wir wollten unbedingt nach Deutschland zurück. Von unserem Gastland hatten wir die Nase gestrichen voll. Viele Frauen meldeten sich tatsächlich zur Arbeit bei den Bauern und wurden in eine lange Liste eingetragen. Wir beide und einige wenige andere Frauen verhielten sich abwartend. Wir wollten uns nicht binden. Die Frauen, die bei den Bauern arbeiten wollten, mußten einen Zettel unterschreiben, daß sie freiwillig blieben. Schon diese Unterschriftsleistung kam mir nicht ganz geheuer vor. Trotzdem kamen uns Zweifel, als im Laufe des Nachmittags die Freiwilligen aufgerufen und von den Bauern abgeholt wurden, ob wir uns richtig entschieden hatten. Was sollte aus uns werden? Als die Dienstverpflichteten weg waren und unsere Reihen sich stark gelichtet hatten, erschien der Mann mit der Liste wieder und erklärte uns Übriggebliebenen, daß alle, die nach Deutschland wollten, jetzt Gelegenheit hätten, mit einem Zug auszureisen. Wir hätten vor Freude schreien können und packten eilig unsere Taschen, um dem Überbringer dieser guten Nachricht auf den Bahnhof zu folgen. Hier stand schon eine größere Gruppe von Frauen, aber wir sahen keine Kinder mehr, und es fiel uns auf, daß sich keine älteren Frauen in den Gruppen befanden. Nun, uns sollte das gleich sein, die Hauptsache war, daß wir nach Deutschland fahren würden.

Nachdem wir alle registriert waren, fuhr ein Zug in den Bahnhof ein, und wir wurden wieder in Viehwagen verladen, diesmal jedoch nicht so eng zusammengedrängt wie in Prag. Bereits eine Nacht waren wir durchgefahren, als wir bemerkten, daß uns keine Rot-Kreuz-Helfer, wie versprochen, begleiteten, sondern tschechisches Wachpersonal. Wir wurden sofort wieder mißtrauisch und tauschten leise Vermutungen aus, was das zu bedeuten hätte. Wohin wollte man uns bringen?

Solange wir uns auf tschechischem Gebiet befanden, nahmen wir die ganze Sache nicht tragisch, aber als wir die Grenze überschritten hatten und noch immer die gleichen Wachposten unseren Zug begleiteten, wurden wir unruhig. In Deutschland kamen jetzt nachts die ehemaligen Ostarbeiter, die auf der Heimfahrt waren, in den Zug, der auf irgendwelchen freien Strecken hielt.

Sie öffneten von außen die Waggons, hielten uns Waffen entgegen und erklärten: »Gebt uns sieben Uhren. Wenn wir die nicht kriegen, wird der ganze Waggon durchsucht. Wenn wir dann noch eine Uhr finden, werdet ihr alle erschossen.«

Wir waren hilflos, da sich auch unsere Wächter nicht um die Überfälle kümmerten. Irgendwie kamen die geforderten sieben Uhren zusammen. Die Leute zogen daraufhin ab, vergaßen jedoch nicht, vorher unseren Waggon von außen zu verriegeln, so daß wir absolut keine Fluchtmöglichkeit hatten. Im Morgengrauen fuhr der Zug weiter. Am frühen Vormittag kamen wir auf einem vollständig zerbombten Bahnhof in der

Innenstadt von Dresden an. Ich weiß nicht, ob es der Hauptbahnhof war, da ich Dresden aus früheren Zeiten nicht kannte. Unsere tschechischen Bewacher hatten uns noch immer nicht verlassen, und sie wurden von uns durch Schlitze im Wagen mißtrauisch beobachtet. Als die Waggons aufgeschlossen und unsere Namen aufgerufen wurden, wunderten wir uns, daß die Namenslisten jetzt den russischen Soldaten übergeben wurden, zusammen mit den eingesammelten Ausweisen. Wir befürchteten das Schlimmste.

Dresden war inzwischen von den Russen besetzt worden. Plötzlich eilte die Vermutung durch den Waggon, daß wir in ein russisches Arbeitslager kämen. Wir waren starr vor Angst und Entsetzen. Ilse und ich waren uns im klaren darüber, daß wir jetzt vielleicht noch die allerletzte Möglichkeit hatten, unsere Freiheit wiederzuerlangen, und leise besprach ich mit ihr, was wir unternehmen könnten, um diesem Schicksal zu entgehen. Wir einigten uns darauf, die Flucht nach vorn zu wagen. Und würde man uns auch wieder einfangen – das Arbeitslager war uns so oder so sicher. Es gab also nichts zu verlieren. Als man uns wieder in den Waggon einkerkern wollte, riefen wir einem Wachtposten, der in der Nähe stand, zu, daß wir dringend zur Toilette müßten. Nach einigem Hin und Her kam er an unseren Waggon, notierte die Namen und ließ Ilse und mich hinaus. Er zeigte mit der Hand, wohin wir gehen sollten, und empfahl Beeilung. Wir liefen rasch in die angegebene Richtung auf die vollständig zerbombte Bahnhofshalle zu. Vorsichtig sahen wir uns dabei um, ob wir beobachtet würden.

In dem Moment, als wir die Treppe, die in die Halle führte, betraten, kamen durch den vorderen Eingang zwei Russen auf Pferden hereingeritten. Die beiden erregten die volle Aufmerksamkeit der Wachtposten und übrigen Menschen, die sich im Bahnhof aufhielten. Keiner achtete mehr auf uns. Diesen Augenblick nahmen wir wahr. Wir rannten aus der Bahnhofsruine hinaus auf ein zertrümmertes Haus zu. In dem Kellerloch dieses Hauses versteckten wir uns. Unser Herz spürten wir beide bis zum Hals schlagen, und der Staub, der in dem Trümmerkeller und über dem zerborstenen Eingang lag, drang in unsere Poren. Wir verhielten uns vollkommen still, als wir von weitem den Pfiff einer Trillerpfeife hörten. Vorsichtig stellten wir fest, daß es auf dem Bahnsteig unruhig wurde. Es wurden lautstark Befehle erteilt, und russische Soldaten sahen sich in dem zertrümmerten Bahnhofsgebäude suchend um. Wir wagten kaum, uns in dem staubigen stinkenden Kellerloch zu bewegen, um uns nicht zu verraten. Es war klar, daß man nach uns suchte, und obwohl uns der Leichengeruch fast die Luft nahm, sprachen wir kein Wort miteinander, sondern buddelten uns, so gut es ging, in den Staub ein.

Endlich, ich weiß nicht, wieviel Zeit vergangen war, trat wieder Ruhe auf dem Bahnsteig ein. Nach einer längeren Weile stellten wir mit einem vorsichtigen Blick auf den verlassenen Bahnsteig, den man durch die noch stehenden Streben der zerbombten Bahnhofshalle gut einsehen konnte, fest, daß unser Zug weggefahren war. Wir nahmen allen Mut zusammen und verließen das Kellerloch. Die Kleider klopften wir ab und wandten uns schnellstens vom Bahnhof weg in eine andere Richtung. Es war inzwischen Nachmittag geworden und sehr heiß. Die Stadt Dresden kam uns mit den Trümmern, unter denen viele Tote begraben waren, unheimlich vor. Es roch in der Mittagshitze entsetzlich nach Leichen und wir versuchten, uns so rasch wie möglich aus dieser toten Innenstadt in den

Außenbezirk abzusetzen. Wir richteten uns nach der Sonne und schlugen den Weg westwärts ein.

Als wir uns wieder einigermaßen beruhigt und unsere Angst etwas überwunden hatten, sahen wir, daß viele Leute auf der Straße mit leeren Töpfen in Händen in eine bestimmte Richtung liefen. Mit gefüllten Töpfen, aus denen eine glasklare Flüssigkeit tropfte, kamen sie nach kurzer Zeit wieder zurück. Wir faßten uns ein Herz und fragten einen älteren Mann, was dieses wäre. Er erzählte uns, daß einige Straßen weiter im Garten eines zerstörten Wohnhauses ein Honigfaß beschädigt worden sei und nun liefe der klare Honig auf den Boden. Man könne sich davon kostenlos holen.

Da wir beide längere Zeit nichts mehr gegessen hatten und auch nichts zu essen besaßen, dachten wir, daß uns etwas Honig gut tun würde. Wir gingen also in die Richtung, die uns der Mann gezeigt hatte, und kamen in einen Hof, in dem ein großes Faß in der Ecke aufgebockt stand. Aus einem Loch des Fasses tropfte die dicke süße Flüssigkeit. Eine lange Schlange Menschen stand davor, und wenn sich einer ein Töpfchen gefüllt hatte, machte er dem nächsten Platz. Alles ging ohne Hast. Wir hatten zwar keinen Behälter, aber zunächst stellten wir uns erst einmal in die Reihe. Als wir mit den anderen ins Gespräch kamen und erzählten, daß wir auf der Flucht wären und keinerlei Habseligkeiten mehr besäßen, gab uns eine Frau eine kleine Butterdose ab. Wir waren sehr froh und dankbar dafür, und als wir endlich an die Reihe kamen, füllten wir unser Döschen mit Honig.

Danach entfernten wir uns sofort wieder von der Gruppe, während die anderen mit ihren gefüllten Töpfchen irgendwo in den Trümmern verschwanden. Wir suchten uns ein stilles Eckchen, wo wir ungestört unseren Honig essen konnten. Als wir endlich einen geeigneten Platz gefunden hatten, tauchten wir abwechselnd unsere Finger in das Döschen und schleckten mit Behagen die süße Köstlichkeit. Das Töpfchen wurde restlos ausgeleckt.

Nach dieser Stärkung nahmen wir unseren alten Weg wieder auf, um aus der zertrümmerten Innenstadt herauszukommen. Wir gelangten in die Nähe einer Brücke und überquerten diese in Richtung Radebeul, wie wir bald feststellten. Von der Brücke aus hatte man einen herrlichen Blick über Dresden. Leider war jetzt der Anblick mehr als trostlos, und es schien, als ob kein einziges Haus mehr stehen würde. Wir befanden uns in einer zertrümmerten, toten Stadt. Uns wurde schwer ums Herz, wenn wir daran dachten, was die armen Menschen, die hier wohnten und die Luftangriffe miterleben mußten, durchgemacht hatten. Das Grauen und Entsetzen muß unvorstellbar gewesen sein.

Als wir die Brücke überquert hatten, konnten wir es nicht fassen, daß hier in Dresden-Neustadt noch die meisten Häuser standen. Wir waren glücklich, wieder in eine belebtere Gegend zu kommen und Menschen zu sehen, die in richtigen Häusern lebten und nicht wie Maulwürfe aus Schutthaufen gekrochen kamen.

Den russischen Soldaten, denen wir begegneten, wichen wir aus. Wir hatten einfach Angst vor ihnen, da wir keinerlei Ausweise besaßen und bei einer Kontrolle unweigerlich auffallen mußten. Vor nichts fürchteten wir uns mehr als davor, wieder festgenommen zu werden. An einem Lebensmittelgeschäft des Vorortes lasen wir einen Anschlag auf einer schwarzen Tafel: „Frische Rettiche eingetroffen, ohne Lebensmittelmarken!"

Da wir noch immer großen Hunger, aber keine Lebensmittelkarten hatten, wollten wir uns Rettiche kaufen. Wir wußten ja, daß sie gesund sind, und es war besser als nichts. Mit unserer gefüllten Tüte in der Hand steuerten wir auf einen Spielplatz zu, auf dem Bänke zum Verweilen einluden. Der Platz war verlassen, und so setzten wir uns auf eine Bank, um unsere Rettiche zu verzehren. Ein Messer zum Schälen besaßen wir nicht, also putzten wir die Rüben, so gut es ging, an dem Papier der Tüte ab und aßen sie hungrig auf. Es war inzwischen Spätnachmittag geworden, und wir mußten uns Gedanken machen, wo wir übernachten könnten. Wir blieben daher nach unserer Mahlzeit noch auf der Bank sitzen und hielten Kriegsrat. Geld hatten wir, aber keine Papiere.

Bei der russischen Kommandantur konnten wir uns nicht melden, denn dort hätte man wissen wollen, woher wir gekommen seien, und vielleicht wurden wir auch schon gesucht. Rotes Kreuz und Polizei schienen uns ebenfalls zu gefährlich, da wir annahmen, daß diese Stellen von den Russen kontrolliert wurden. Wir hatten ja nicht die geringste Ahnung, wie die Verwaltung der Stadt funktionierte. Schließlich kamen wir auf den Gedanken, einen Pastor ausfindig zu machen. Dieser unterlag der Schweigepflicht und konnte uns vielleicht am ehesten weiterhelfen, ohne von den Russen überprüft zu werden.

Als wir noch auf der Bank saßen und beratschlagten, was zu machen sei, bekamen wir beide fürchterliche Leibschmerzen. Wir wurden weiß im Gesicht und krümmten uns vor Schmerzen. Ilse war noch schlimmer dran als ich. Sie legte sich auf die Bank, zog ihre Beine bis ans Kinn und hielt sich den Leib, während ich am äußersten Ende der Bank saß und ebenfalls meinen Leib hielt. Wir stöhnten beide fürchterlich.

Eine Frau, die gerade den Platz überqueren wollte, sah dieses Häufchen Unglück und kam sofort zu uns herüber. Sie fragte, ob sie uns helfen könne, wir hatten Vertrauen zu ihr und erzählten ihr, daß wir vor Hunger Honig und Rettich gegessen hätten und uns nun vor Schmerzen und Übelkeit nicht zu helfen wüßten. Mit großer Anstrengung und Unterbrechungen berichteten wir auch, daß wir auf der Flucht seien, hier in Dresden keine Bleibe hätten und nicht wüßten, wohin wir uns wenden könnten. Sie hatte großes Mitleid mit uns Jammergestalten und nahm uns mit zu sich nach Hause. Ihre Wohnung befand sich in der Nähe des Platzes, und wir brauchten zum Glück nur einige Schritte zu gehen. Nachdem wir beide eilends die Toilette aufgesucht hatten, gab uns die Frau Tee zu trinken, den sie inzwischen für uns aufgebrüht hatte. Wir hatten nun soviel Vertrauen zu ihr, daß wir ihr die Geschichte unserer Flucht erzählten. Nach dem Tee fühlten wir uns wohler, und als die Frau sagte, daß wir diese eine Nacht bei ihr bleiben dürften, schliefen wir in ihren Ehebetten, in die sie uns gesteckt hatte, beruhigt ein. Wie sie uns am nächsten Morgen sagte, könne sie uns leider nicht länger behalten, da sie sonst von den Nachbarn angezeigt werden würde. Es war bei schwerer Strafe verboten, Menschen, die nicht beim Hausverwalter angemeldet waren, Unterschlupf zu gewähren. Sie bewohnte die Räume allein, da ihr Mann aus dem Krieg noch nicht heimgekommen war, doch Fremde durfte sie nicht beherbergen. Wir waren froh über ihre Hilfsbereitschaft und wollten natürlich nicht, daß sie unseretwegen Unannehmlichkeiten bekam.

Am Morgen ging es uns wieder besser. Die Frau hatte unsere ramponierten Kleider gründlich ausgebürstet und erlaubte uns, das Haar zu waschen, damit wir wieder einigermaßen sauber aussahen. Nach dem Frühstück gab sie uns eine Tasche mit den notwendigsten Kleinigkeiten, wie einen Kamm, ein Handtuch und sogar einmal Unterwäsche zum Wechseln. Dann riet sie uns zu versuchen, über die grüne Grenze in das von den Amerikanern besetzte Gebiet zu kommen. Die gute Seele durfte uns nicht mehr länger im Haus behalten, und wir nahmen dankbar und gestärkt Abschied von ihr. Optimistisch und frohgemut machten wir uns auf den Weg in Richtung Chemnitz, wo irgendwo die Grenze sein sollte. In Dresden-Neustadt gelang es uns sogar noch, in einem Geschäft ohne Marken zu Schwarzmarktpreisen ein Brot zu bekommen. Wir fühlten uns damit reich. Dann ließen wir die Ruine Dresden hinter uns.

NEUE HOFFNUNG IM WESTEN

Erst später erfuhren wir, daß ca. 300.000 Menschen nach dem Großangriff der Engländer am 13. Februar 1945 tot geborgen wurden. Dieser Tag ging als der „Feuersturm von Dresden" in die Geschichte ein. Wieviele Menschen unentdeckt in der Trümmerwüste ihr Grab gefunden hatten, ist bis heute ein großes Geheimnis geblieben. Zur Zeit des Angriffs befanden sich viele Flüchtlingszüge in Dresden, und auf den Elbwiesen kampierten unzählige Menschen, die sich vor den Flammen in Sicherheit bringen wollten und von Tieffliegern abgeschossen wurden. Es war ein Inferno, wie man es sich grausamer nicht vorstellen konnte.

Am Abend des 23. Mai kamen wir in Chemnitz an und erhielten für die Nacht eine Unterkunft in einer ehemaligen Gendarmeriekaserne. Wir waren nicht die einzigen, die von einem Ort in den anderen zogen. Es waren unvorstellbar viele Menschen auf den Landstraßen unterwegs, die versuchten, von einem Teil des Vaterlandes in den anderen zu gelangen. Wir schlossen uns einer Gruppe von drei Frauen und zwei Männern an, die ebenfalls in den Westen wollten und über die Verhältnisse hier besser Bescheid wußten als wir. Auch die Übernachtung in der Kaserne hatten wir diesen fünf zu verdanken. Am nächsten Morgen machten wir uns alle gemeinsam auf den Weg und gingen zur Grenze. Ilse und ich hielten uns im Hintergrund. Wir wollten zunächst einmal sehen, wie sich die Grenzposten verhielten. Zwei von den Frauen nahmen all ihren Mut zusammen, zeigten den russischen Posten ihre Ausweise, aus denen hervorging, daß sie im Ruhrgebiet zu Hause waren und baten, über die Grenze gelassen zu werden. Sie wurden jedoch energisch abgewiesen und kehrten mutlos zu unserer kleinen Gruppe zurück. Wir brauchten also unser Glück nicht erst zu versuchen. Niedergeschlagen traten wir den Rückzug an, um eine andere Möglichkeit zum Überschreiten der Grenze zu suchen.

Zunächst gingen wir mit den beiden Männern zum Bahnhof, der etwa 2 Stunden entfernt war. Die drei Frauen wollten einen anderen Weg einschlagen. Auf dem Bahnhof wurde uns von Leidensgenossen geraten zu versuchen, nach Oelsnitz zu gelangen. Von dort würde man angeblich über die grüne Grenze durch Niemandsland nach Glauchau in das amerikanisch besetzte Gebiet Deutschlands kommen. Unsere beiden Begleiter, die in Dortmund zu Haus waren (ein 21jähriger und ein 19jähriger Soldat) meinten, daß dies wohl die einzig richtige Lösung sei.

Als ein Güterzug in Richtung Oelsnitz einfuhr, versuchten wir, einen Platz zu bekommen. Nachdem wir gesehen hatten, daß es unmöglich war, in den überfüllten offenen Waggons, in denen die Menschen bereits eng an eng hockten, noch ein Plätzchen zu ergattern, stiegen wir, mit Genehmigung des Lokomotivführers, auf die Lokomotive und stellten uns nebeneinander auf, den Rücken dem dicken Kessel zugewandt. Wir hielten uns an dem kleinen Geländer fest, das sich um den Kessel zog. Kaum hatten wir uns bequem hingestellt, da ging die Fahrt los. Wir genossen unsere luftige Fahrt und hatten sogar Gelegenheit, uns mit unseren Nachbarn zu unterhalten. Neben mir stand ein junges Mädchen. Sie erzählte mir, daß sie in Oelsnitz zu Hause sei und täglich den Zug benutzen müßte, um zu ihrer Arbeitsstelle und zurück zu kommen. Als sie hörte, daß wir über die grüne Grenze wollten, erbot sie sich, Ilse und mich für diese Nacht bei ihren Eltern unterzubringen. Wir waren sehr erfreut darüber, und als wir am späten Nachmittag in Oelsnitz ankamen, lachten wir uns erst einmal gegenseitig aus. Wir waren vollständig verrußt und sahen aus wie Neger. Unser frisch gewaschenes Haar hing schon wieder in schmutzigen Strähnen am Kopf herunter.

Wir verabschiedeten uns von unseren Wanderkameraden, die sich eine Unterkunft suchen wollten, nachdem wir uns für den nächsten Morgen verabredet hatten. Danach gingen wir mit unserer hilfsbereiten Bekanntschaft mit. Obwohl wir unangemeldet bei den fremden Menschen ins Haus fielen, nahmen sie uns sehr freundlich auf. Wir durften nicht nur baden und uns das Haar waschen, wir erhielten auch ein deftiges Abendessen. Als wir sauber und gestärkt mit der Familie zusammensaßen, erbot sich der Großvater des Mädchens, der auch in dem Haus wohnte, uns am nächsten Tag auf einem Waldpfad über die Grenze nach Glauchau zu führen. Wir waren glücklich über diese Lösung. Am nächsten Morgen um zehn Uhr ging es los. Unter Führung des netten alten Herrn gelangten wir zusammen mit den beiden jungen Männern wohlbehalten nach Glauchau.

Wir fielen uns vor Freude in die Arme, als unser Pfadfinder sagte: »Nun sind Sie über die Grenze bei der amerikanischen Besatzung.«

»Ich muß wieder zurück und wünsche Ihnen weiterhin alles Gute.«

Wir verabschiedeten uns von dem freundlichen Mann und gingen in die angegebene Richtung weiter. Als wir die ersten Häuser von Glauchau erreichten, kam uns ein amerikanischer Lastwagen entgegen. Die Fahrer winkten uns fröhlich zu, und wir winkten zurück. Als wir näher hinsahen, stellten wir fest, daß uns tiefschwarze Neger mit blendend weißen Zähnen anlachten. Wir standen plötzlich wie versteinert, als der Wagen längst schon an uns vorbeigefahren war. An weiße Amerikaner hatten wir gedacht, aber nicht daran, daß ja auch viele Bewohner Amerikas eine andere Hautfarbe hatten. Wir waren so erschrocken, daß Ilse und ich schnellstens im nächsten Haus nach einer Toilette fragen mußten. Am liebsten wären wir wieder umgekehrt, aber unsere Kameraden lachten uns aus, als sie unsere Ängste sahen, und allmählich beruhigten wir uns wieder. Schließlich konnten wir über unsere unerwartete Reaktion auf diesen Schock auch lachen. Wie ängstlich waren wir doch seit dem Verlust unserer Heimat geworden, und wie sehr fehlte uns die vertraute Umgebung. Doch nun, nachdem wir uns klargemacht hatten, daß Farbige auch Menschen sind wie du und ich, waren wir wieder guter Dinge.

In Glauchau gab es keine Möglichkeit, mit einem anderen Zug weiterzufahren. Also machten wir uns zu Fuß auf den Weg nach Crimmitschau. Am Spätnachmittag kamen wir hier an und fanden einen Bauern, der Ilse und mir Unterkunft geben wollte, wenn wir seiner Frau im Haushalt helfen würden. Das machte uns selbstverständlich nichts aus, und da sich unsere Wege in Crimmitschau ohnehin getrennt hätten, denn unsere Wandergefährten wollten weiter westlich, während wir uns allmählich südlich ausrichteten, verabschiedeten wir uns von den beiden Männern.

Wir waren nun an dem Punkt angelangt, an dem wir uns entscheiden mußten, wohin uns der Weg führen sollte. Nach Hause konnten wir beide nicht mehr, denn dort hatte der Russe das ganze Gebiet besetzt und man hörte Schreckliches über die Untaten, die an den zurückgebliebenen Deutschen begangen wurden. Dieser Gefahr wollten wir uns nicht aussetzen, zumal wir auch nicht wußten, ob wir unser Heim noch vorfinden würden, von den Familien ganz zu schweigen. Nach dem, was wir bisher unterwegs gesehen und gehört hatten, war zu befürchten, daß die Häuser in unserem Wohnviertel während der letzten Kriegstage zerstört worden waren. Ilse wollte ohnehin nicht nach Oberschlesien zurück, und so einigten wir uns darauf zu versuchen, nach Freising zu kommen. Ilse hatte dort Bekannte, und sie hoffte, daß diese uns weiterhelfen könnten, falls ihr Haus noch stand. Meinerseits hatte ich nur Onkel und Tante vorzuweisen, die im Lipper Land wohnten. Der Onkel war im Krieg, und von der Tante hatten wir während der letzten Kriegsmonate nichts mehr gehört. Wir wußten nicht, ob sie noch am Leben war. Meine sämtlichen anderen Verwandten hatten in Schlesien gewohnt und das gleiche Schicksal wie wir erlitten.

Mit den Eltern hatte ich während des letzten Urlaubs meines Vaters abgemacht, daß wir uns, wenn wir getrennt würden, auf alle Fälle die Anschrift unserer Verwandten aus dem Lipper Land merken wollten, um einen Anhaltspunkt oder eine Anlaufstelle im Westen Deutschlands zu haben. Damals konnten wir die heutige Situation nicht voraussehen. Dadurch, daß Deutschland in Zonen mit englischer, französischer, amerikanischer und russischer Besatzung aufgeteilt worden war, wurde es uns praktisch unmöglich, ohne Erlaubnis zum Beispiel von der amerikanisch besetzten Zone, in der wir uns jetzt befanden, in die englisch besetzte Zone, in der meine Verwandten wohnten, zu wechseln.

Der Postverkehr war vollständig zum Erliegen gekommen, so daß wir uns auch nicht mit Briefen oder Telefonaten hätten helfen können, um Näheres über oder von meiner Tante zu erfahren. Nach langem Überlegen einigten wir uns, zunächst Richtung Freising zu trampen. Dann blieben wir im amerikanischen Sektor, und vielleicht konnte uns Ilses Bekannte weiterhelfen.

Von Crimmitschau machten wir uns auf den Weg in Richtung Reichenbach im Vogtland. Wir waren inzwischen im Laufen geübt und zogen uns tagsüber, wenn es heiß war, unsere Schuhe aus, um sie zu schonen. Unterwegs hatten wir Gelegenheit, jeder ein paar Holzsandalen zu erstehen, die wir nun abwechselnd mit unseren Lederschuhen, die wir aus Prag mitgenommen hatten, trugen. Wir kamen gut voran und hatten auch Glück mit dem Essen. Hinter Crimmitschau schlossen sich uns zwei Landser an, die den gleichen Weg hatten wie wir. Beide verfügten noch über ein reichhaltiges Lebensmittelangebot. Sie gaben uns davon, bis wir satt waren, und freuten sich über unsere Gesellschaft. Allein wandernde Soldaten wurden öfter von Amerikanern kontrolliert als gemischte Gruppen. Daher versuchten die heimkehrenden Soldaten, Zivilkleidung zu bekommen und sich mit Frauengruppen zusammenzuschließen. Selbst in Frauenkleidung hatten sich Soldaten auf den Heimweg gemacht. Es war schon ein gemischtes Völkchen, das sich da auf den Straßen bewegte. In Schönbach bei Reichenbach trennten sich unsere Wege wieder, da unsere Begleiter noch ein Stückchen weiter wollten.

Wir bemühten uns erneut um ein Nachtquartier und erhielten eine Schlafstelle bei einer älteren Dame, Frau Schreiber, die Prag gut kannte, sie hatte früher dort gelebt. Sie freute sich, mit uns über den Ort, in dem sie offenbar sehr schöne Tage zusammen mit ihrem verstorbenen Mann verbracht hatte, sprechen zu können. Sie kochte uns eine gute Suppe, und zum Nachtisch gab es sogar Erdbeeren. Wir fühlten uns wie im Schlaraffenland. Nach dem Essen holte Frau Schreiber ihr Fotoalbum hervor und zeigte uns Bilder aus ihren Prager Tagen. Wir unterhielten uns über vergangene Zeiten und verschwiegen ihr, wie es jetzt dort aussah und was an

Greueln und Mißhandlungen an den Deutschen passiert war. Am späten Abend fielen wir todmüde auf unser Lager.

Bei der Suche nach Nachtquartieren hatten wir einen Trick entwickelt. Wir blieben nach Möglichkeit des Abends in kleineren Orten und hielten, wenn wir nicht mehr laufen konnten, Ausschau nach Häusern, deren Schornstein qualmte. Da hinein gingen wir dann und baten um etwas heißes Wasser, um uns einen Tee zubereiten zu können. Von einigen Bewohnern bekamen wir zwar mürrisch nur das Wasser. Wir brühten uns den Tee auf und gingen weiter. Mit den meisten kamen wir jedoch ins Gespräch, und sie luden uns zum Abendessen ein. Wir erzählten ihnen dann, daß wir ein Nachtquartier suchten und weshalb wir nur über wenige Habseligkeiten und keine Ausweise und damit keine Lebensmittelkarten verfügten. Fast immer wurde uns geholfen, entweder von den Leuten selbst oder indem sie uns eine Adresse nannten, an die wir uns wenden konnten.

Da Ilse und ich anfangs oft stritten, wer in das Haus mit dem qualmenden Schornstein gehen sollte, vereinbarten wir schließlich, daß jede von uns abwechselnd für das Nachtquartier zu sorgen hatte. Die Bettelei fiel uns beiden wirklich nicht leicht, doch was sollten wir tun, wenn wir unsere Freiheit behalten und überleben wollten. Es war jedenfalls besser, als wieder in irgendeinem Lager interniert zu werden, weil wir uns nicht ausweisen konnten. In Pöhl bei Plauen, das wir am nächsten Tag nach unserem Fußmarsch erreichten, erhielten wir unsere Schlafstelle in einer zugigen alten Scheune beim Pfarrer des Ortes. Das Dienstmädchen brachte uns ein altes Becken mit Wasser in die Scheune, das sie auf einen alten klapprigen Schemel stellte. Mit diesem Wasser durften wir uns waschen.

Das Haus zu betreten wurde uns untersagt, denn der Herr Pfarrer wünschte nicht, mit Landstreichern, wie er uns nannte, zusammenzutreffen. Er ließ sich nicht einmal sehen. Hinter der Scheune befand sich ein Häuschen mit Herz, das wir benutzen durften. Zum Abendessen wurde uns eine dünne Wassersuppe serviert, die uns an unsere Internierungszeit in Prag erinnerte. Aber was sollte es – wir hatten einen Unterschlupf für die Nacht, und das war schließlich die Hauptsache. In diesem Fall stieg nur eine leise Wut in mir auf, daß wir wie Verbrecher behandelt wurden. Letzten Endes waren wir an unserer Misere nicht schuld und wären auch lieber zu Hause geblieben. Am nächsten Morgen dankten wir für die „freundliche Hilfe" bei dem Dienstmädchen und stellten zur Schande des geistlichen Herren fest, daß wir hier unser bisher schlechtestes Quartier gefunden hatten. Ganz besonders bezog sich dies auf die Tatsache, daß dem Pfarrer jede menschliche Anteilnahme fremd war, die wir in unserer trostlosen Lage so nötig hatten und die uns gerade dieser Mann, der dazu berufen sein sollte zu trösten, nicht entgegenbringen mochte. Nun, wir waren jung und kamen über die Enttäuschung rasch hinweg. Glücklicherweise blieb es der einzige Fall, in dem wir wie heruntergekommene Landstreicher behandelt wurden.

Am nächsten Abend bekamen wir in einem Dorf bei Hof wieder ein sehr gutes Quartier bei einfachen, aber herzlichen Leuten, die uns zum Abendessen sogar Knödel vorsetzten. Unsere neuen Quartiersleute rieten uns, Hof zu umgehen, da dort mehrere strenge Sperren aufgestellt waren. Wir hörten auf den Rat und gingen am nächsten Morgen zum Bahnhof Oberkotzau, um hier einen Zug in Richtung Bamberg zu bekommen. Wir mußten diesmal lange warten, und es fing an zu regnen, als wir endlich einen Güterzug erreichten, in dem sich auf dem offenen Wagen noch ein Plätzchen für uns fand. Ein Soldat, der wie wir auf der Flucht war, schenkte uns eine Zeltplane, und wir suchten, so gut es ging, darunter Schutz vor dem Regen.

Gegen 21 Uhr trafen wir dann endlich in Bamberg, der Endstation des Zuges, ein. Wir waren trotz der Plane tüchtig durchnäßt, fühlten uns nicht wohl und wollten diese Nacht in der Bahnhofshalle verbringen, wo wir etwas Schutz vor dem Regen fanden. Am nächsten Morgen sollte es dann weitergehen. Wir suchten uns ein Eckchen zum Ausruhen und Übernachten. An den Wänden des langgestreckten Ganges klebte eine große Anzahl Zettel mit Anschriften und Personenbeschreibungen von gesuchten Menschen. Vereinzelt waren auch Bilder angebracht. Wir schauten uns einige Zeit die Zettel an, besonders die Bilder, doch schließlich wurden wir müde und gingen zu unserer Ecke zurück, um uns auszuruhen. Schon im Morgengrauen hatten wir Gelegenheit, mit einem Zug nach Fürth weiterzufahren, und wir nahmen diese Möglichkeit wahr, um unserem Ziel wieder ein Stück näherzukommen.

DIE ODYSSEE MEINER MUTTER

Wie ich einige Monate später erfahren sollte, hatte ich hier in Bamberg am Bahnhof die einzige Gelegenheit verpaßt, wieder mit meiner Mutter zusammenzukommen. Sie hielt sich in einem Privatquartier im Ort auf und hatte, wie viele Leidensgenossen, einen Zettel an die Wand des Bahnhofsganges geheftet, mit dem sie nach mir suchte. Wir konnten jedoch nicht mehr feststellen, ob der Zettel an diesem Abend schon an der Wand hing oder erst einige Tage später dorthin gekommen war, denn Mutter hatte eine ebenso aufregende und schlimme Zeit hinter sich gebracht, bevor sie von Prag aus in Bamberg gelandet war. Sie hatte, genau wie wir, jedes Zeitgefühl verloren. Nur der augenblickliche Tag zählte, und alles drehte sich darum durchzuhalten und das nackte Leben zu retten.

Während ich den 5. Mai des Jahres 1945, also den Tag des Aufstandes der Tschechen gegen die Deutschen, in der Innenstadt Prags erlebte, war meine Mutter im Außenbezirk Prag–Dewitz. Sie hatte noch an diesem letzten Samstag vor ihrer Entlassung bis 14 Uhr Dienst. Mit ihren Gedanken war sie schon bei mir in der Wohnung und überlegte, ob ich auch alles erledigt haben würde, wenn sie nach Hause kam. Am nächsten Tag wollten wir Prag schon sehr früh verlassen und nach Deutschland zurückfahren. Am wichtigsten war für sie, daß ich unser Geld umgetauscht hatte. Sie selbst ließ sich ihr letztes Gehalt schon in deutscher Währung auszahlen. Das war ihr großes Glück, denn sie brauchte dieses Geld später dringend.

Plötzlich wurde sie aus ihren Gedanken gerissen: »Frau Fink, sehen Sie zu, daß Sie so schnell wie möglich zu Ihrer Tochter kommen. In der

Stadt ist der Teufel los«, sagte ein Unteroffizier, der Mutter und mich kannte. Er arbeitete ebenfalls im Büro und wußte, daß Mutter heute ihren letzten Arbeitstag hatte.

»Wie meinen Sie das: „der Teufel ist los"?« fragte meine Mutter verständnislos zurück.

»Es ist ein Aufstand in der Stadt, und in den Straßen wird überall geschossen. Hoffentlich kommen Sie noch in Ihre Wohnung. Ich kann Ihnen nur raten, sofort aufzubrechen. Sie haben ja ohnehin nur noch eine gute Stunde zu arbeiten und können ebensogut jetzt gehen. Ich werde Sie entschuldigen. Hier wird sich auch gleich allerhand tun«, sagte der Unteroffizier.

Mit den Worten: »Ich wünsche Ihnen und Ihrer Tochter viel Glück!« verließ er eiligst das Zimmer. Die beiden Frauen, die mit Mutter zusammen im Zimmer waren, hatten schweigend zugehört und wurden nun von der Erregung gepackt, die sich auch bei Mutter breitmachte.

»Frau Fink, wir kommen mit, weil Sie Prag nicht so gut kennen wie wir. Mit der Straßenbahn werden Sie nicht mehr fahren können. Außerdem können Sie kein Wort tschechisch und das würde Sie sofort verraten!«

Mutter befiel eine große Angst um ihre Tochter, und sie nahm das Angebot der Kolleginnen gern an. Die drei nahmen rasch Ihre Taschen und verließen, ohne sich von den übrigen Mitarbeitern in den anderen Räumen zu verabschieden, sofort das Haus.

Die beiden Frauen versuchten, Mutter wenigstens das Wort »Ja« auf tschechisch beizubringen, aber sie meinte: »Das merke ich mir doch nicht. Dazu bin ich viel zu aufgeregt.«

Sie versprach jedoch, keinesfalls den Mund aufzumachen, falls Fremde in der Nähe waren, um die beiden hilfsbereiten Frauen nicht in Schwierigkeiten zu bringen. Die drei versuchten nun, auf Schleichwegen und abgelegenen Straßen die Innenstadt zu erreichen, denn sie vermuteten richtig, daß auf den Hauptstraßen die meisten Zusammenstöße ausgetragen wurden. Sie schlichen über stillgelegte Fabrikhöfe, huschten zwischen den Waggons eines auf offenen Gleisen stehenden Lazarettzuges hindurch und kamen der Innenstadt immer näher. Auf einmal wurden sie gestoppt, einige Tschechen hielten sie auf. Mutter nahm ihr Taschentuch heraus und tat so, als wäre sie stark erkältet und müßte sich schneuzen, während die anderen beiden mit den Tschechen sprachen. Sie merkte an den Gesten der Männer, daß sie zurückgeschickt wurden, und folgte den beiden Frauen sofort, als sie kehrt machten.

Außer Hörweite erzählten ihr die beiden, daß es unmöglich sei, durch die Sperren zu kommen. Sie überlegten noch, was zu tun wäre, da heulten die Sirenen auf. Die drei mußten sich schnellstens eine Unterkunft suchen und stellten sich in einen fremden Hausflur, in dem bereits mehrere Menschen standen. Obwohl meine Mutter keine Silbe sprach, hatte eine der Frauen entdeckt, daß sie Deutsche war. Sie schimpfte auf Mutter ein, ging zu ihr hin und ohrfeigte sie. Mutter wehrte sich nicht, denn dann hätte sie die ganze Gruppe gegen sich gehabt. Sie konnte jedoch nicht verhindern, daß ihr die Tränen in die Augen schossen. Ihre Kolleginnen faßten sie kurzentschlossen bei der Hand und verließen sofort die Gruppe, die sich nicht traute, auf die Straße hinauszutreten. In einer Seitenstraße fanden sie schließlich Unterkunft in einem leeren Flur und blieben dort, bis der Alarm vorüber war.

Nach diesem Zwischenfall wollten sie zunächst einmal gemeinsam zu der Kollegin gehen, die ganz in der Nähe wohnte, und abwarten, wie sich die Dinge entwickeln würden. Mutter war nervlich dermaßen aufgewühlt, daß sie alles mit sich geschehen ließ. Ohne weitere Zwischenfälle gelangten sie in die Wohnung. Es war inzwischen Nachmittag geworden, und sie schlichen unbemerkt die Treppen hinauf durch die Tür, die sie sorgfältig hinter sich verschlossen. Alle drei zitterten nach den überstandenen schrecklichen Stunden und mußten sich zunächst einmal aussprechen, um sich gegenseitig zu beruhigen. Mutter bemühte sich, den anderen Frauen nicht zu zeigen, wie ihr zumute war. Am liebsten wäre sie wieder losgerannt, aber sie sah ein, daß sie alleine nichts ausrichten konnte.

Auf der Straße fielen noch immer Schüsse. Plötzlich heulten wieder die Sirenen, und die Menschen in den Wohnungen mußten die Keller aufsuchen. Man kam überein, daß Mutter in der Wohnung bleiben sollte, während die beiden Frauen in den Keller gingen. Vielleicht konnten sie noch Neuigkeiten aus der Stadt hören. Nach einigen Minuten kam die Wohnungsinhaberin noch einmal mit einem jungen Mann zurück, dessen Mutter Deutsche war. Er wollte bei Mutter in der Wohnung bleiben und ihr beistehen, falls etwas passieren sollte. Mutter war froh, daß sie nicht allein gelassen wurde, und unterhielt sich nett mit dem jungen Mann, der über den Aufstand entsetzt war und sich Sorgen um seine Mutter machte, die nicht im Haus war.

Als die beiden anderen Frauen nach dem Alarm endlich wieder heraufkamen, erzählten sie, daß es in der Innenstadt drunter und drüber ginge. Nach Augenzeugenberichten wäre es Selbstmord, sich als Deutsche auf den Straßen sehen zu lassen. Mutter sah ein, daß es heute unmöglich für sie sein würde weiterzugehen, und fügte sich dem Rat der beiden anderen. Die Nacht verbrachte sie bei ihrer Kollegin. Am nächsten Morgen wollte man dann weitersehen, wie sich die Sache entwickelt. Sie betete inbrünstig, daß ihrer Tochter in der Zwischenzeit nichts geschehen möge.

Am nächsten Tag, dem Sonntag, war es in den Straßen etwas ruhiger geworden. Mutter bedankte sich bei der hilfsbereiten Kollegin und sagte ihr, daß sie von nun an versuchen wolle, allein weiterzukommen. Sie durfte keinesfalls andere gefährden. Die zweite Kollegin wollte jetzt in ihre eigene Wohnung gehen. Beide mußten vorsichtig sein, um einer Verhaftung zu entgehen. Es war allgemein bekannt, daß sie beide bei den Deutschen gearbeitet hatten. Mutter ging auf die Straße und wunderte sich über die Ruhe dort. Sie wußte jedoch nicht, daß im Augenblick in diesem Bezirk die deutsche Wehrmacht noch die Oberhand hatte. Kaum war sie ein Stückchen gegangen, da wurde sie von einem Offizier aufgehalten.

Sie mußte ihren Ausweis vorzeigen, und als er diesen sah, rief er entgeistert: »Ach du lieber Himmel, das hat mir gerade noch gefehlt! Ausgerechnet einen Flüchtling muß ich auflesen, und dann noch einen aus Breslau. Ich bin auch Breslauer!«

Er nahm Mutter kurzentschlossen bei der Hand und sagte: »Kommen Sie mit!«

Dann zog er sie ein Stück weiter in einen Schulhof. Der Hof quoll über von Lastautos und Sanitätswagen. Mutter erzählte dem Offizier, daß sie in die Stadt zu ihrer Tochter müsse, und er versprach ihr, sie mit einem Sanitätswagen mitzuschicken, der in die Nähe des Wenzelsplatzes fahren würde. Zunächst sollte sie sich in einen Klassenraum setzen und warten, bis er sie rufen würde. Er führte sie in einen Raum, und Mutter stellte sich, als er sie verlassen hatte, an ein Fenster und sah in den Hof hinaus. Von der Straße wurden Tote hereingebracht, in den Hof gelegt und mit Tüchern zugedeckt. Nach kurzer Zeit kam der Offizier zurück. Er war weiß im Gesicht, und Mutter sah ihm seine Erregung an.

»Es tut mir wirklich leid, Frau Fink, daß ich Ihnen nicht mehr helfen kann. Die Autos, selbst die Sanitätsfahrzeuge, kommen nicht mehr durch die Innenstadt. Ich muß Sie bitten hierzubleiben. Alle Soldaten und deutschen Zivilpersonen, die wir erreichen, werden von hier aus mit dem Lastwagen nach Deutschland gebracht, um sie aus der Gefahrenzone herauszubringen.«

»Aber ich kann doch nicht nach Deutschland, wenn meine Tochter noch in Prag ist!« rief Mutter erbost.

»Es bleibt Ihnen wirklich nichts anderes übrig, als mein Angebot anzunehmen«, antwortete der Offizier nervös. »Es ist einfach UNMÖGLICH, in die Innenstadt zu kommen. Sie glauben nicht, was sich dort abspielt. Bleiben Sie also hier. Ich hole Sie sofort, wenn die Wagen beladen werden, und dann fahren Sie mit hinaus. Freie Fahrt hat man uns zugesichert.«

Der Offizier entfernte sich, und als er Mutter allein gelassen hatte, nahm sie ihre Tasche und schlich sich vorsichtig auf die Straße. Durch das große Durcheinander, das auf dem Hof herrschte, gelang es ihr, unbemerkt zum Tor zu kommen. Sie wollte wieder auf eigene Faust versuchen, zu ihrer Tochter in die Wohnung zu gelangen. Mutter war noch nicht weit gekommen, da wurde sie erneut von einem deutschen Offizier angerufen. Sie zeigte abermals ihren Ausweis, und er empfahl ihr, sofort zurückzugehen. Als er merkte, daß Mutter nicht gewillt war, seinem Rat zu folgen, sperrte er sie kurzentschlossen in einen Keller. Da merkte Mutter, daß sie mit Gewalt nichts erreichen konnte. Nachdem sie längere Zeit in dem Keller gesessen hatte, bat sie ihren Bewacher, sie wieder herauszulassen. Sie wolle in die Schule zurückgehen, versprach sie. Man erlaubte ihr, den Keller zu verlassen, und beobachtete, ob sie wirklich zurückging. Mutter gehorchte.

Mittlerweile war es später Nachmittag geworden und das Bild auf dem Schulhof hatte sich vollkommen verändert. Die vielen Lastwagen waren verschwunden, und auch die Toten hatte man weggebracht. Lediglich ein einzelner Personenwagen stand im Hof, und man sah nur noch vereinzelt deutsche Soldaten. Mutter wußte, daß die Tschechen der deutschen Wehrmacht ein Ultimatum gestellt hatten; innerhalb weniger Stunden hätte sie die Stadt zu verlassen. Angeblich sollten die Soldaten ungehindert abziehen können. Das Militär mußte dem Aufruf Folge leisten. Was an deutschen Zivilisten erreicht werden konnte, wurde mitgenommen.

»He, Martin!« rief der Breslauer Offizier, der Mutter am Eingang entdeckte. »Du suchst doch einen Mitfahrer ohne Gepäck! Hier hast du einen.«

Er schob Mutter kurzerhand in den PKW, ohne ihr einen Vorwurf über ihre Flucht zu machen. Bevor sich Mutter recht besinnen konnte, saß sie im Fond des Wagens, ihre Tasche landete auf ihrem Schoß, und der Wagen fuhr los. Es schien, als ob er nur auf Mutter gewartet hatte. Es befanden sich noch zwei weitere Frauen neben dem Fahrer im Wagen. Keiner sprach ein Wort, jeder hing seinen eigenen trüben Gedanken nach. Mit großer Geschwindigkeit raste der Fahrer durch die Straßen Prags, um den Anschluß an die LKW-Kolonne zu finden. Mutter war zu müde, um noch zu protestieren. Sie ergab sich in ihr Schicksal und schmiegte sich in ihre Ecke.

Nicht lange darauf war die Kolonne eingeholt. Alle Wagen, die vorher auf dem Schulhof gestanden hatten, fuhren in langer Kolonne auf der Straße westwärts, um die Stadt und die Tschechoslowakei zu verlassen. Obwohl die Tschechen freien Abzug zugesichert hatten, wurden sie plötzlich unterwegs beschossen. Der Wagen, in dem Mutter saß, war der einzige PKW und hatte zwischen zwei Lastwagen Feuerschutz gesucht. Die Soldaten und Zivilisten auf den LKWs duckten sich und suchten eilig Deckung vor den Schüssen, die bald ohne Unterbrechung in die Kolonne einschlugen. Während der Fahrt wurde die Kolonne kleiner und kleiner. Mehrere Lastwagen waren kaputtgeschossen, und die Fahrer mußten mit ihrer menschlichen Fracht am Straßenrand stehenbleiben. Sie wurden sofort von den Tschechen festgenommen und interniert. Für Mutter erwies es sich als Glücksfall, daß sie in dem kleinen PKW untergekommen war. Sie gelangte mit den anderen Insassen unversehrt in die amerikanisch besetzte Zone, und alle Wageninsassen, die diese Fahrt überstanden hatten, wurden von den amerikanischen Militärs in Empfang genommen. Obwohl die Flüchtlinge noch auf tschechischem Boden waren, konnte ihnen jetzt von den Tschechen nichts mehr geschehen.

Die Frauen wurden von den Männern getrennt und mußten zunächst zwei Tage und Nächte auf einer Wiese kampieren. Danach wurden sie in die Halle einer stillgelegten Maschinenfabrik einquartiert und erhielten hier ihre erste Mahlzeit, eine dünne Wassersuppe. Neben der Fabrik liefen Bahngleise entlang. Wenn die Flüchtlinge hörten, daß sich ein Zug näherte, gingen sie, wo immer sie sich gerade aufhielten, schnellstens in Deckung. Durch die Zugfenster wurde während der Vorbeifahrt oft in die Halle geschossen. Mutter ging ruhelos in der großen Halle umher und suchte nach ihrer Tochter. Sie fragte hier und da, ob jemand ein junges Mädchen mit Schottenrock und rosafarbener Bluse gesehen hätte, niemand hatte mich jedoch gesehen. Mutter wußte nicht, daß ich die Kleidung, die ich bei ihrem Weggang trug, gewechselt hatte.

In Rokitzan, dem großen Auffanglager der Amerikaner, mußte sie nun einige Zeit bleiben. Die Flüchtlinge litten Not, und da die Tage sehr heiß waren, hatten sie großen Durst. Als einmal ein Wasserwagen etwas Erfrischung bringen sollte, stellte sich heraus, daß das Wasser vergiftet war, und der Tankwagen mußte das Lager voll wieder verlassen. Aus dem Bach zu trinken, der durch das Lager floß, war lebensgefährlich. Er war von Abfällen vollkommen verschmutzt. Trotzdem wuschen sich die Flüchtlinge darin, um wenigstens einigermaßen sauber zu bleiben.

Am schlimmsten waren die Säuglinge dran. Sie erhielten nur etwas Wasser und schrien vor Hunger und Nässe. Sie wurden wund und bekamen schlimmen Ausschlag. Einige hatten schon nach kurzer Zeit aufgequollene Bäuchlein. Den Müttern brach das Herz, aber sie fanden keine Möglichkeit, ihren Babys zu helfen. Einmal kam ein Proviantwagen mit Polizisten ins Lager gefahren. Mutter ging zu dem Wagen und bat um ein Stück Brot. Man fragte sie, ob sie zur Polizei gehöre. Als sie dies verneinen mußte, wurde ihr nichts gegeben. Der Vorrat war nur für die Lagerpolizei bestimmt.

Mutter weinte viel, weil sie sich große Sorgen um mich machte. Ihre schwermütige Veranlagung brach wieder mit voller Gewalt durch und machte sie unglücklich und hilflos. Sie lief unruhig im Lager hin und her und hoffte immer wieder, mich zu finden oder wenigstens ein Lebenszeichen von mir zu erhalten. Zweimal träumte sie des Nachts von mir. Wir standen beide am Fahrbahnrand, sie diesseits, ich jenseits der Straße. Ich hatte das blaue Kleid an, und sie rief mir zu: »Komm doch hierher, Helga, nun komm doch endlich!«

Sie breitete die Arme aus, um mich in Empfang nehmen zu können.

Ich antwortete von der gegenüberliegenden Seite: »Mutti, du mußt nicht soviel weinen. Wir kommen doch wieder zusammen!«

Sie breitete erneut ihre Arme aus und rief: »So komm doch hierher!«

Ich antwortete: »Nein, es ist noch eine Straße zwischen uns. Aber wir kommen wieder zusammen, du mußt mir vertrauen!« Dann war ich verschwunden.

Als Mutter morgens erwachte, erzählte sie diesen Traum einer Leidensgefährtin, der sie sich etwas angeschlossen hatte.

Frau Bernd wollte sie trösten und meinte: »Dieser Traum bringt Ihnen bestimmt eine Botschaft. Glauben Sie an die Verheißung dieses Traumes, Frau Fink. Es wird schon alles wieder gut werden.«

Aber Mutter konnte sich nicht beruhigen und erwiderte: »Ich kann nicht daran glauben, denn Helga hat nicht das blaue Kleid an. Sie hatte Rock und Bluse an, als ich sie verließ, und jetzt sehe ich sie immer in diesem Kleid. Das stimmt doch nicht.«

Sie konnte nicht wissen, daß ich dieses Kleid tatsächlich trug, und suchte mich weiter mit Rock und Bluse.

Die Zustände im Lager wurden immer unhaltbarer. In gewissen Abständen wurden die Lagerinsassen von Ärzten untersucht. Wenn sie Läuse oder anderes Ungeziefer feststellten, wurden den entsprechenden Personen die Haare geschoren, und sie mußten durch die Entlausungsstation. Es liefen viele Frauen und Kinder mit kahlgeschorenem Kopf herum, und Mutter war jedesmal froh, wenn sie die Untersuchung überstanden hatte. Es war nicht schwer, in diesem Lager Ungeziefer zu bekommen. Endlich, die Zeit war Mutter endlos vorgekommen, wurden sie von den Amerikanern auf Lastwagen verladen und über Pilsen durch den Böhmerwald und über Amberg in Bayern nach Nürnberg gefahren. Unterwegs wurde nur einmal Rast gemacht; obwohl die Fahrt im Lastwagen wirklich kein Vergnügen war – die Amerikaner fuhren wie die Wilden, und es war ihnen gleich, ob in den Kurven die menschliche Fracht durcheinanderpurzelte – waren alle heilfroh, endlich wieder auf deutschem Boden zu stehen.

Mutter und Frau Bernd, die etwa zehn Jahre älter war als Mutter, hatten sich zusammengetan und wollten, da beide allein waren, zusammenbleiben. Als in Nürnberg die Lastwagen hielten, stiegen die Insassen aus. Nur Mutter und Frau Bernd blieben stur auf Ihren Bänken sitzen. Sie wußten nicht, wohin sie gehen sollten. Die Schwarzen, die den Wagen gefahren hatten, deuteten mit der Hand auf die Straße und gaben den beiden zu verstehen, daß sie aussteigen müßten. Es war jedoch schon Abend, und wo sollten die beiden Frauen über Nacht bleiben? Sie versuchten deshalb, den Amerikanern mit Gesten klarzumachen, daß sie gern weiterfahren würden. Die Amerikaner sahen sie überrascht an, lachten schließlich, stiegen in den LKW und fuhren weiter. Als der Wagen dann wieder stand, mußten die beiden Frauen feststellen, daß man zwar für sie eine Ehrenrunde gedreht hatte, daß sie jedoch auf dem gleichen Platz wie vorher standen und nun nochmals unmißverständlich aufgefordert wurden, den Wagen zu verlassen. Seufzend kamen sie diesem Ansinnen nach und verließen ihre Plätze.

Nun mußten die Frauen schnellstens eine Unterkunft für die Nacht finden. Die Sperrzeit, nach der sich kein Deutscher mehr auf den Straßen zeigen durfte, rückte bedenklich näher. Sie klopften an verschiedene Haustüren und baten um eine Unterkunft. Sie wollten nur im Flur bleiben, wurden jedoch überall abgewimmelt. Endlich, kurz vor Toresschluß um 22 Uhr, sagte ihnen jemand, daß sie in eine bestimmte Gaststätte gehen müßten, dort würden sie gegen Bezahlung ein Quartier im Saal erhalten. Sie beeilten sich, dorthin zu kommen und waren froh, daß sie noch aufgenommen wurden. Sie waren zwischen Ausländer geraten, doch sie mußten von der Straße und jedes Quartier annehmen. Bei den Ausländern handelte es sich überwiegend um Ostarbeiter, die während des Krieges in Deutschland zur Arbeit eingesetzt worden waren und jetzt in die Heimat zurück wollten.

Am nächsten Tag, während der Mittagszeit, nahmen beide ihre Taschen und gingen in ein Hospiz, um sich dort eine warme Mittagsmahlzeit geben zu lassen. Die Adresse hatten sie vom Wirt erhalten. Jede von ihnen bekam einen Teller dünne Suppe, und als Mutter ein Stückchen Fleisch in Ihrer Suppe entdeckte, blickte Frau Bernd auf ihren Löffel und meinte: »Warum habe ich denn kein Fleisch in meiner Suppe?«

»Moment«, sagte meine Mutter, »ich glaube, ich habe hier noch etwas, das will ich Ihnen geben.«

Sie wühlte mit ihrem Löffel in der Suppe herum und förderte schließlich ein kleines Gerippe mit einem langen Schwänzchen zutage. Vor Schreck ließ sie ihren Löffel fallen. Beide Frauen standen angeekelt auf und verließen eiligst den Raum. Mutter kam nachträglich alles hoch, als sie daran dachte, daß sie ein Stück von der Maus gegessen hatte. Trotz des Heißhungers, den sie vorher hatten, hätten beide nichts mehr essen können.

Mutter und Frau Bernd suchten nun ein neues Nachtquartier, und hier hatten sie endlich Glück. Sie fanden eine Familie, die ihnen ein möbliertes Zimmer vermietete. Es wurde ihnen jedoch gesagt, daß sie nur ein paar Tage bleiben könnten, sie sollten sich in dieser Zeit also bemühen, woanders unterzukommen. Sie waren froh, wenigstens für einige Zeit eine anständige Bleibe zu haben. In dieser Zeit hatten sie Gelegenheit, sich mit den in Deutschland herrschenden Verhältnissen vertraut zu machen. Sie erhielten in einem Krankenhaus täglich eine warme Mahlzeit, und nach zwei Tagen fühlten sie sich schon wohl in dieser neuen Umgebung. Die Krankenschwester, welche die Essensausgabe zu überwachen hatte, gab beiden Frauen reichlich und kräftig zu essen, so daß sie wenigstens einmal am Tag richtig satt wurden.

Als sie nach acht Tagen schließlich ihr Quartier aufgeben mußten, ohne eine andere Unterkunft gefunden zu haben, wollten sie weiterfahren. Mutter hatte oft Magenkoliken, und die Schwester, bei der sie das Mittagsmahl bekamen, gab ihr, wenn es möglich war, Diätkost, damit der Magen nicht noch mehr strapaziert wurde.

Als sich Mutter von der Schwester verabschiedete und sich für die freundliche Behandlung bedankte, sagte diese zu ihr: »Bleiben Sie doch noch ein Weilchen hier. Wenn ich mit der Arbeit fertig bin, gehen wir in mein Zimmer. Ich habe dort etwas für Sie!«

Mutter bat also Frau Bernd, schon nach Hause zu gehen, sie würde nachkommen, sobald sie bei der Schwester gewesen wäre. Nachdem die Essensausgabe beendet und das Geschirr abgeräumt und gesäubert war, gingen beide in das sauber und freundlich eingerichtete Zimmer der Schwester, das sich im Dachgeschoß des Krankenhauses befand. Die Schwester gab Mutter ihr Abendbrot, das aus einem Ei und zwei Scheiben Weißbrot bestand und packte ihr einen Beutel mit Tee ein.

»Diesen Tee müssen Sie regelmäßig trinken. Er wird Ihrem Magen gut tun«, sagte sie, und dann kochte sie Mutter noch rasch eine Puddingsuppe auf einem kleinen Elektrokocher. Als die Suppe fertig war, bestand sie darauf, daß Mutter sie sofort aufessen solle. Sie setzten sich also zusammen an den kleinen Tisch, der an einer Seite des Zimmers stand, und während Mutter langsam und voller Andacht ihre Suppe verzehrte, unterhielten sie sich über die schlimmen Zeiten. Schließlich hatte Mutter ihre Mahlzeit beendet, und sie stand auf, um sich von ihrer freundlichen Helferin zu verabschieden. Diese nahm Mutter noch einmal herzlich in die Arme und wünschte ihr für ihr Weiterkommen alles Gute und ein baldiges Zusammentreffen mit der vermißten Tochter. Mutter machte sich mit ihren Schätzen auf den Weg zu Frau Bernd, die schon auf sie wartete. Am nächsten Morgen packten sie ihre Habseligkeiten zusammen und begannen die Fahrt ins Ungewisse.

Da sie von der Militärregierung keinen Reiseausweis erhalten hatten, mit dem sie durch die Kontrollen hätten kommen können, mußten sie, so gut es ging, die Kontrollstellen umgehen. Sie stiegen über Trümmergrundstücke und kamen hinter dem Bahnhof auf die Gleise, auf denen ein Güterwagen zur Abfahrt bereitstand. Als sie in dem vollständig überfüllten Zug noch ein Plätzchen gefunden hatten, kam kurz vor der Abfahrt eine Militärstreife an den Waggon und verlangte die Passierscheine. In ihrer Not zeigte Mutter dem amerikanischen Soldaten ihre Krankenbescheinigung. Der Amerikaner ließ sich jedoch nicht irreführen. Er schüttelte heftig den Kopf und gebot den beiden, den Zug sofort wieder zu verlassen. Also stiegen sie vom Waggon herunter.

Nachdem der Soldat weitergegangen war, flüsterte Mutter Frau Bernd zu: »Kommen Sie, wir steigen hinten wieder auf.«

Frau Bernd war jedoch ängstlich und wollte nicht. Da nahm Mutter sie kurzentschlossen um die Taille, schob sie auf den Waggon und reichte die Tasche hinterher.

»Was kann uns schon mehr passieren, als daß man uns festnimmt«, raunte Mutter Frau Bernd zu. Hilfreiche Hände streckten sich Frau Bernd entgegen und zogen sie auf einen sicheren Platz. Mutter kletterte rasch nach, als sie sich davon überzeugt hatte, daß der Soldat das Manöver nicht beobachtet hatte, und es dauerte nicht lange, da setzte sich der Zug in Bewegung. Die Frauen konnten einen Seufzer der Erleichterung nicht unterdrücken. Einige Mitfahrer machten sich einen Spaß daraus, den beiden Frauen Angst zu machen. Sie erzählten, daß man jeden, der ohne gültigen Ausweis angetroffen wurde, festnehmen und in ein Lager stecken würde. Ein älterer Mann, der das ganze Drama beobachtete, sagte schließlich: »Unterlassen Sie doch Ihre Prognosen. Ist es nicht schlimm genug, daß man sich nicht mehr frei auf den Straßen bewegen kann? Ich würde Ihnen raten, daß Sie den Zug schon vor Einfahrt in den Bahnhof

Bamberg verlassen und sich über die Schienen entfernen. So haben Sie die größte Chance, nicht entdeckt zu werden.«

Die Frauen wollten diesen Rat befolgen und aussteigen, als der Zug am Stadtrand halten mußte. Mutter nahm die beiden Taschen und sprang als erste vom Waggon herunter. Sie drehte sich zu Frau Bernd, um ihr die Hand zu reichen, da fiel diese schon an ihr vorbei auf den Schotter. Sie hatte es nicht abwarten können hinauszukommen und war am Waggonrand vorbeigetreten und aus dem Zug gefallen. Der Zug hatte inzwischen sein Einfahrtssignal für den Bahnhof erhalten und fuhr sofort an. Die Abenddämmerung hatte mittlerweile eingesetzt.

Während Mutter sich um die Gestürzte bemühte, standen plötzlich zwei Frauen neben ihnen und halfen der Verunglückten auf die Beine. Zum Glück hatte Frau Bernd außer einigen Hautabschürfungen und blauen Flecken keinen ernsthaften Schaden erlitten. Die beiden unbekannten Helferinnen hatten in einem Haus gegenüber den Fall beobachtet und waren sofort zu Hilfe geeilt. Nun entfernten sich alle rasch von der Unglücksstelle. Mutter und Frau Bernd mußten sich vor der abendlichen Sperrzeit nach einer Unterkunft umsehen. Sie baten in einer abgelegenen Gastwirtschaft, ihnen für diese Nacht ein Quartier zu geben, aber der Wirt wies sie mürrisch ab. Mutlos gingen sie auf die Straße und überlegten, was nun zu tun sei. Eine der beiden hilfreichen Frauen hatte sie beobachtet und sah, daß die beiden Flüchtlinge am Ende ihrer Kraft waren und nicht mehr weiter wußten. Sie kam zu ihnen zurückgelaufen und bot ihnen an, sie zu einer Schule zu bringen, in der Flüchtlinge untergebracht waren. Sie mußten sich schnellstens in Sicherheit bringen, da die Frau vor Beginn der Sperrzeit auch wieder in ihr Haus zurück mußte.

Tatsächlich erhielten sie in der Schule ein Nachtquartier und konnten auf eingelagertem Stroh, neben vielen weiteren Flüchtlingen und Ausländern, ihr Nachtlager beziehen. Am nächsten Morgen machten sie sich schon frühzeitig auf den Weg in die Innenstadt von Bamberg. Hier mußten sie über viele Trümmer steigen und gelangten endlich in eine Straße, in der noch sämtliche Häuser standen. Es handelte sich um kleinere Fachwerkhäuser, die dicht aneinandergedrängt standen und schon Jahrzehnte auf dem Buckel hatten. Die Frauen beschlossen, in Bamberg zu bleiben und zu versuchen, eine Unterkunft zu finden. Das erste Zimmer sollte Frau Bernd haben und Mutter das zweite. Mit diesem Ziel vor Augen gingen sie von Haus zu Haus und fragten frohgemut, ob sie ein Zimmer mieten könnten. Ihr Mut sank jedoch immer mehr, je weiter der Tag fortschritt, ohne daß sie Erfolg hatten. Schließlich waren sie überglücklich, als am Spätnachmittag sich endlich eine Familie bereit erklärte, Frau Bernd ein Kämmerlein zu überlassen. Mutter hatte nach diesem Tag keine Lust mehr, ihre Betteltour weiter fortzusetzen.

Sie sagte zu Frau Bernd: »Ich komme jetzt noch für einen Moment mit auf Ihr Zimmer, und dann gehe ich zur Schule zurück und bleibe zunächst dort wohnen, bis ich auch eine Unterkunft gefunden habe.«

Die beiden standen am letzten Haus in einer kleinen Gasse, in der sie schon in einigen Häusern nachgefragt hatten.

Frau Bernd bat Mutter: »Frau Fink, gehen Sie doch wenigstens noch in das letzte Haus. Dann haben wir diese Straße durch, und vielleicht können wir dann morgen weitersehen.«

»Nein«, wehrte sich Mutter, »ich habe keine Kraft mehr, die ablehnenden Antworten zu hören. Ich kann einfach nicht mehr.«

Doch Frau Bernd ließ nicht locker, und, um endlich Ruhe zu haben, erklärte Mutter sich schließlich bereit, doch noch in dieses letzte Haus zu gehen. Sie machte zur Bedingung, daß dann für heute Schluß sein sollte. Frau Bernd war zufrieden, und Mutter ging ins Haus, vor dem sie gestanden hatten. Sie klingelte an der obersten Wohnungstür und fragte, ob sie ein Zimmer bekommen könne.

Die Frau, die ihr öffnete, war sehr nett und sagte freundlich: »Ich kann Sie leider nicht bei mir aufnehmen, denn ich habe mit meinem Mann und Sohn nur eine kleine Wohnung. Es tut mir sehr leid, daß ich Ihnen nicht helfen kann.«

Unbemerkt hatte noch eine andere Frau im Flur gestanden und Mutter mit ernstem Blick gemustert. Als Mutter sich jetzt zum Gehen wandte, wurde sie von dieser Frau aufgehalten: »Ich nehme Sie«, sagte sie zu ihr. »Sie können im Bett meines Mannes schlafen, der noch nicht aus der Gefangenschaft zurück ist.«

Mutter starrte die Frau ungläubig an und konnte nicht glauben, was sie gehört hatte.

»In einem Bett darf ich schlafen? Das ist doch sicher nicht Ihr Ernst?« fragte sie fassungslos.

»Doch«, meinte die Frau, »es ist mein voller Ernst. Leider ist meine Wohnung nicht so groß, daß ich Ihnen ein eigenes Zimmer geben kann, aber wenn Sie mit mir zusammenwohnen wollen, bis mein Mann nach Haus kommt, dann bin ich damit einverstanden. Wenn Sie wollen, können Sie noch heute abend bei mir einziehen.«

Sie stellte sich als Frau Hessendörfer vor, und die Frau, bei der Mutter zuerst nachgefragt hatte, war ihre Schwägerin, Frau Metzner. Mutter war überglücklich über das Angebot, und ihre zukünftige Wirtin gefiel ihr auf Anhieb.

Sie meinte jedoch nach kurzer Überlegung: »Heute möchte ich nicht übersiedeln, da ich erst noch zu einer Bekannten gehe und es mir dann zu spät wird. Doch morgen früh würde ich sehr gern zu Ihnen kommen.«

Frau Hessendörfer war damit einverstanden und versprach, Mutter am nächsten Tag ein Bad in der Küche zu richten, worüber sie sich riesig freute. Wie lange hatte sie nicht mehr baden können?

Frau Bernd gratulierte Mutter, daß es nun doch noch mit einer Unterkunft geklappt hatte, und die beiden beeilten sich, in das Zimmer von Frau Bernd zu kommen. Nachdem sie sich ein wenig ausgeruht und die Ereignisse des Tages besprochen hatten, mußte Mutter zur Turnhalle aufbrechen, um dort ein letztes Mal zu übernachten. Sie versprachen sich beim Abschied, auch in Zukunft täglich zusammenzukommen, bis sie in Bamberg etwas heimischer wären.

Am nächsten Morgen zog Mutter pünktlich bei Frau Hessendörfer ein, und schon von der ersten Minute an merkten sie, wie gut es die Frau, die in ihrem Alter war, mit ihr meinte. Alle Bewohner des Hauses (zwei Schwestern mit ihren Ehemännern und die Oma) waren nett zu Mutter, und jeder wollte ihr in irgendeiner Weise behilflich sein. Mutter stand dieser offenen Herzlichkeit zunächst hilflos gegenüber. Sie mußte sich erst daran gewöhnen, menschlich behandelt zu werden und war voller Mißtrauen. Doch es dauerte nicht lange, da wuchs ihr Vertrauen, und sie fühlte sich hier nach langer Zeit endlich geborgen.

Sie suchte intensiv nach ihrer Tochter, soweit es die Verhältnisse erlaubten, schließlich gab es ja noch keine Zeitungen, und auch die Post war noch nicht wieder funktionsfähig. Mutter heftete also, wie so viele andere, einen Suchzettel in den Bahnhofsgang. Viele Stunden des Tages verbrachte sie damit, auf dem Bahnhof von Zug zu Zug zu gehen und nach der Tochter zu fragen. Als sich jedoch nach langem Suchen kein Lebenszeichen fand, wurde sie immer niedergeschlagener. Wenn sie ein junges Mädchen auf der Straße sah, mußte sie an sich halten, um nicht loszuheulen. Bei jeder Gelegenheit kamen ihr jetzt die Tränen, und sie fühlte sich unglücklich und verlassen. Sie bemühte sich, vor ihren Wirtsleuten diesen Zustand zu verbergen, das war aber unmöglich, da sie von Tag zu Tag mutloser wurde. Ihre Niedergeschlagenheit nahm unvermindert zu.

Die Umgebung gab sich alle erdenkliche Mühe, ihr zu helfen und sie nicht allein zu lassen. Auch der kleine Sohn der Familie Metzner, der sie seine „Tante Finchen" nannte, wich nicht von ihrer Seite, wenn sie zu Hause war. Schnell steckte er ihr mal einen Apfel oder einen selbstgesuchten Tannenzapfen und ähnliche Kostbarkeiten zu und war selig, wenn Mutter sich darüber freute und ihn in den Arm nahm. Auch Frau Bernd traf sie täglich und wurde oft von ihr auf den Bahnhof begleitet, doch sie konnte ihre Trauer um die Tochter und den vermißten Mann nicht unterdrücken.

In Bamberg waren sehr viele Neger stationiert. Mutter wohnte bei Frau Hessendörfer in der unteren Wohnung, die aus einem Schlafzimmer und einer Wohnküche bestand. Das Schlafzimmer lag an der Straßenseite zu ebener Erde und hatte zwei Fenster. Es war ein herrlich warmer Frühlingstag, und Frau Hessendörfer hatte nachmittags das Schlafzimmerfenster geöffnet, um die Sonnenluft hereinzulassen. Sie wollte gerade das Fenster wieder schließen und unterhielt sich mit Mutter, die in der Tür zwischen Küche und Schlafraum stand, als plötzlich zwei Neger vor dem Fenster auftauchten.

Einer rief »Ah, hier zwei junge Frauen!« und landete mit einem Sprung über das Fensterbrett vor Frau Hessendörfer, die entsetzt aufschrie. Mutter rannte sofort auf den Flur und rief nach der Oma, die im gleichen Stockwerk ihr Zimmer hatte. Diese kam rasch angelaufen, und auch der Schwiegersohn vom oberen Stock, der gehört hatte, daß unten etwas nicht in Ordnung war, kam heruntergestürzt. Er hatte im Krieg einen Arm verloren, und der Hemdsärmel hing lose über den Stumpf. Als er plötzlich in der Schlafzimmertür stand, erfaßte er die Situation mit einem Blick.

Er ging ruhig auf Frau Hessendörfer zu, die sich aus den Händen des Negers zu befreien versuchte, und sagte zu dem Amerikaner: »Das ist meine Frau!«

Die beiden Eindringlinge sahen ganz verdattert auf die unerwartet hereingekommenen Menschen, dann lachten sie verlegen, entschuldigten sich und verschwanden auf dem gleichen Weg, auf dem sie gekommen waren. Die Frauen zitterten vor Schreck, schlossen rasch die Fenster und zogen die Gardinen vor. Nachdem auch die Rollos heruntergelassen waren, beruhigten sie sich wieder. Alle waren froh, daß der Zwischenfall so glimpflich abgelaufen war.

Mutter lebte nun schon seit drei Monaten in der Familie. Herr Hessendörfer war inzwischen aus der Gefangenschaft heimgekehrt. Er hatte darauf bestanden, daß Mutter weiterhin bleiben sollte. Man rückte einfach noch etwas enger zusammen. Es war wegen der vielen Flüchtlinge und ausgebombten Menschen unmöglich, irgendwo einen anderen Raum zu bekommen. Alle noch vorhandenen Häuser waren hoffnungslos überbelegt.

In der Wohnküche stand eine Couch, auf der Mutter ihr Nachtlager aufgeschlagen hatte. Sie sehnte sich sehr nach einem Lebenszeichen ihres Mannes oder ihrer Tochter, obwohl ihr nicht klar war, wie sie eines erhalten sollte. Sie füllte bei der Stadtverwaltung Suchanzeigen aus, schaute immer wieder durch die Flüchtlingslager, die es in und um Bamberg herum gab, und ließ kaum einen Tag vorbeigehen, ohne auf dem Bahnhof gewesen zu sein. Trotz aller Bemühungen konnte sie nicht den geringsten Anhaltspunkt bekommen, was aus den Deutschen in Prag geworden war, die sich während des Aufstandes in der Innenstadt aufgehalten hatten. Jeder Tag der Ungewißheit ließ ihre Traurigkeit größer werden.

Ihr gesundheitlicher Zustand verschlechterte sich mehr und mehr, und schließlich sagte Herr Hessendörfer zu ihr: »Liebe Frau Fink, ich kann Ihren Kummer bald nicht mehr mit ansehen. Wenn es Ihnen recht ist, werde ich versuchen, für Sie eine Mitfahrgelegenheit in die britische Zone zu bekommen. Sie könnten dann zu Ihren Verwandten nach Lippe kommen. Vielleicht hören sie dort etwas von Ihren Angehörigen. Post wird ja leider immer noch nicht befördert.«

Mutter hatte oft davon gesprochen, daß sie mit Mann und Tochter vor Kriegsende ausgemacht hatte, daß man sich im Falle einer Trennung bei den Angehörigen in Lippe melden wolle. Den Vorschlag von Herrn Hessendörfer nahm sie hocherfreut an.

»Wenn es Ihnen möglich ist«, sagte sie, »werde ich es Ihnen nie vergessen.«

Sie lebte in den nächsten Tagen sichtlich auf, und tatsächlich kam ihr Wirt schon einige Tage später mit der Nachricht nach Hause: »Ich habe etwas für Sie gefunden, Frau Fink. Mein Freund hat eine kleine Spedition und fährt in der nächsten Woche nach Paderborn. Er bringt Leute aus dem Ruhrgebiet dahin und ist bereit, Sie mitzunehmen. Von da aus ist es nicht mehr weit nach Blomberg, wo Ihre Verwandten wohnen. Haben Sie Lust, mitzufahren?«

»Viel zu gern!« rief Mutter. »Nun kann ich endlich etwas unternehmen und muß nicht weiter untätig hier herumsitzen. Außerdem falle ich Ihnen schon zu lange zur Last.«

Da protestierten Hessendörfers heftig: »Sie dürfen nicht denken, daß wir Sie los sein möchten. Sie können jederzeit gern zu uns zurückkommen, wenn sich Schwierigkeiten einstellen sollten. Wir möchten Ihnen nur helfen, Ihre Angehörigen wiederzufinden, damit Sie wieder etwas ruhiger werden.«

»Ich weiß, daß Sie es gut mit mir meinen und bin Ihnen unendlich dankbar für alles, was Sie für mich getan haben«, sagte Mutter mit Tränen in den Augen.

Am nächsten Morgen beantragte Mutter sofort bei der Stadtverwaltung Bamberg einen Passierschein nach Blomberg in Lippe in der britisch besetzten Zone. Leider wurde der Antrag abgelehnt, und der Zeitpunkt für die Abfahrt rückte immer näher. Mutter war wieder an einem Tiefpunkt angelangt, da es trotz vieler Laufereien unmöglich war, eine Genehmigung für den Zonenwechsel zu erhalten. Als der Tag der Abreise näherrückte, ohne daß sie das heißbegehrte Papier in Händen hatte, entschloß sie sich, die Reise ohne den nötigen Ausweis zu machen. Sie bezahlte die Fahrtkosten bei dem Spediteur und war pünktlich beim vereinbarten Treffpunkt, um die Reise ins Ungewisse anzutreten. Außer ihr fuhren noch neun Leute mit dem LKW nach Paderborn. Es handelte sich um Evakuierte, die in ihre Heimat zurückkehrten und einen gültigen Fahrausweis besaßen. Mutter war jetzt alles gleich. Sie wollte nur weg und setzte alles auf eine Karte. Zum Glück wurde sie von dem Spediteur nicht nach dem Passierschein gefragt, und nur Hessendörfers wußten, daß sie ohne Passierschein fuhr. Nachdem es ihnen nicht gelungen war, sie von ihrem Vorhaben abzubringen, hatten sie Mutter eingeschärft, ihnen auf alle Fälle irgendwie Nachricht zu geben, falls etwas schieflaufen sollte. Mutter versprach es und machte sich frohen Mutes auf den Weg.

Bei der ersten Kontrolle, die schon kurz hinter Bamberg durch die Militärpolizei durchgeführt wurde, bückte sich Mutter über ihre Tasche und suchte darin herum, als wollte sie den Schein hervorholen. Dabei versteckte sie sich, so gut es ging, hinter den Mitreisenden, die ihre Ausweise dem Amerikaner hinunterreichten. Tatsächlich gelang der kleine Trick, und der Kontrolleur übersah, daß Mutter ihm keinen Schein zugereicht hatte. Der Wagen durfte weiterfahren. Jetzt hatten jedoch die Mitreisenden bemerkt, daß Mutter ohne ein gültiges Papier fuhr.

Ein evakuierter Kölner, der in seine Heimat zurückkehren wollte, sagte laut: »Hier ist einer auf dem Wagen, der hat keine Papiere. Hoffentlich erwischen sie den bei der nächsten Kontrolle und stecken ihn in den Knast.«

Dabei sah er zu Mutter hinüber. Dieser schoß die Röte ins Gesicht. Sie hielt seinem Blick stand und verlor nicht die Fassung. Ihr Herz raste dabei wie wild, doch sie gab keine Antwort. Schließlich wandte er seinen

Blick ab, und keiner der Mitreisenden gab einen Kommentar zu den höhnischen Worten des Kölners ab. Mutter beruhigte sich wieder. Was konnte ihr schon passieren! Mehr als wieder in einem Lager zu landen, brauchte sie nicht zu befürchten, denn sie hatte sich nichts weiter zuschulden kommen lassen, als diese Fahrt ohne gültige Papiere anzutreten.

Während der Weiterfahrt flüsterte ihr leise eine junge Frau zu:»Wenn wieder eine Kontrolle kommt, zeige ich als erstes meinen Passierschein und reiche ihn dann zu Ihnen weiter. Sie müssen nur sehen, daß sie zuletzt drankommen und die anderen nichts merken.«

Mutter antwortete leise:»Nein, das möchte ich nicht. Wenn es auffällt, kommen Sie in Schwierigkeiten.«

»Ach was«, sagte die andere, »den Kopf wird es schon nicht kosten, und ich möchte Ihnen gerne helfen.«

Schließlich willigte Mutter ein. Tatsächlich klappte dieser kleine Schwindel bei den nächsten drei Überprüfungen. Obwohl keiner der Mitfahrenden mehr ein Wort darüber verlor, merkten einige den Tausch, und es tat Mutter wohl zu sehen, daß man versuchte, ihr unauffällig zu helfen, indem man sie etwas zurückdrängte. Auch der Kölner sagte nichts mehr über den Zwischenfall.

Endlich landeten die zehn wohlbehalten in Paderborn in der britisch besetzten Zone, und jeder ging seine eigenen Wege. Es war inzwischen Anfang September 1945 geworden, und das Laub auf den Bäumen färbte sich langsam bunt. Die Fahrt führte durch landschaftlich reizvolle Gegenden. Je näher Mutter ihrem Ziel kam, desto ruhiger wurde sie. In Paderborn stellte sie sich an die Bundesstraße 1, an der, wie sie wußte, Blomberg lag. Hier versuchte sie nun, per Anhalter weiterzukommen. Tatsächlich wurde sie auf kleineren Strecken von Lastwagen und Erntewagen der Bauern mitgenommen, bis sie schließlich vor die Tore Blombergs kam. Sie war nun zwei Tage unterwegs gewesen, doch sie hatte das Gefühl, daß sie Bamberg schon vor zwei Wochen verlassen hatte. Ihre Ungeduld wuchs von Minute zu Minute. Ein kleines Gefühl der Angst breitete sich in ihr aus, Angst davor, daß sie ihre Angehörigen nicht antreffen würde.

Endlich fuhr der Pferdewagen, der sie zuletzt mitgenommen hatte, in Blomberg ein. Mutter konnte es kaum glauben, daß hier kein einziges Haus zerstört war. Sie hatte unterwegs so viele Trümmerstädte gesehen, daß sie sich nicht vorstellen konnte, es könnte in Deutschland noch einen Ort geben, in dem alle Häuser unversehrt geblieben waren. Nun kam sie in diese Kleinstadt, an der äußerlich der Krieg scheinbar spurlos vorbeigegangen war.

Sie faßte sich wieder an den Kopf und murmelte: »Daß es so was noch gibt!«

Natürlich war ihr bewußt, daß auch in diesen nach außen unversehrten Häusern zum großen Teil Not und Trauer herrschten. Wie viele Familienväter und Söhne mochten aus diesem grauenvollen Krieg nicht heimgekehrt sein? Wieviel Kummer und Sorgen umschlossen diese unversehrten Mauern? Doch das nach außen friedvolle Bild nahm sie voll in sich auf.

Der Bauer, der sie mitgenommen hatte, sah verständnislos von der Seite auf seinen seltsamen Fahrgast und war wohl froh, als er Mutter endlich in Blomberg absetzen konnte. Ihr heißersehntes Ziel war erreicht. Sie fragte nach der Straße, in der ihr Bruder und ihre Schwägerin wohnten. Krampfhaft hielt sie ihre Tasche in der Hand, als ob sie sich an etwas festhalten mußte.

Endlich war die Straße gefunden, und Mutter nahm allen Mut zusammen, als sie vor das Haus trat. Im nächsten Moment würde sie wissen, ob hier ein Lebenszeichen von ihren Lieben angekommen war. Der Krieg war seit vier Monaten vorbei, und es mußte doch einem von ihnen gelungen sein, eine Nachricht hierher zu geben, auch wenn die Post nicht funktionierte. Andererseits hatte sie selbst ja auch nie Gelegenheit gehabt, sich in Blomberg zu melden. Sie öffnete die Haustür des Zweifamilienhauses und begegnete im unteren Flur einer Frau, die hinausgehen wollte.

Namensschilder oder eine Klingel hatte sie nicht entdecken können, und Mutter fragte die Fremde: »Verzeihen Sie, wohnt hier eine Familie Frunzke?«

»Ja«, antwortete die Frau, »im ersten Stock. Herr Frunzke ist vor einer Woche aus der Gefangenschaft nach Hause gekommen.«

»Ach, das freut mich aber«, seufzte Mutter, »ich bin nämlich seine Schwester.«

Nach langem Zögern faßte sich Mutter ein Herz und stellte die entscheidende Frage: »Wissen Sie vielleicht, ob da ein junges Mädchen bei meinen Verwandten wohnt?«

»Soviel ich weiß, wohnt ein Mädchen namens Ilse bei der Familie«, antwortete die Hausbewohnerin. Mutter wurde unruhig, als sie diese Worte hörte. Sie wagte nicht, noch mehr zu fragen, als die Frau fortfuhr: »Außerdem ist noch die Nichte von Frunzkes hier, die Helga. Ist das etwa Ihre Tochter?«

Vor Freude blieb Mutter das Herz stehen. Die Tränen schossen ihr in die Augen, und sie mußte sich an die Wand lehnen, um nicht umzufallen. »Bin ich glücklich«, schluchzte sie immer wieder, »bin ich glücklich.«

Die Fremde nahm sie wortlos am Arm und führte sie die Treppe hinauf. Sie klopfte an die Wohnungstür, und als geöffnet wurde, sagte sie: »Rasch einen Stuhl, die Frau bricht sonst im Flur zusammen!«

Die Schwägerin, die geöffnet hatte, erfaßte die Situation mit einem Blick, führte Mutter ins Schlafzimmer und legte sie auf die Couch. Um Mutter drehte sich alles und löste sich vor ihren Augen in Nebel auf. Schließlich wurde es Nacht um sie. Als sie wieder zu sich kam, standen ihr Bruder und dessen Frau vor der Couch. Sie hatten ihr das Kleid geöffnet und sahen nun sorgenvoll auf sie herunter.

Als sie die Augen wieder öffnete, meinte ihre Schwägerin scherzend: »Nun, geht es dir wieder besser? Du hast uns ja einen schönen Schrecken eingejagt, als du da plötzlich wie ein Häufchen Unglück vor der Tür standest, das sich vor Freude nicht fassen konnte.«

Mutter weinte und stammelte: »Ist es wahr, daß die Helga hier ist? Kann ich sie denn nicht sehen, oder habt ihr mir das nur zur Beruhigung gesagt?«

»Nein, deine Helga ist wirklich bei uns. Und nun beruhige dich erst einmal«, sagte ihr Bruder und ergriff ihre Hand. »Wir haben nach Helga geschickt. Sie arbeitet, muß aber jeden Moment da sein. Am besten, du bleibst zur Erholung noch etwas liegen.«

Mutter setzte sich auf und meinte: »Entschuldigt, daß ich euch so einen Schrecken eingejagt habe, aber jetzt ist mir wohler. Ich glaube, wenn ich Helga hier nicht angetroffen hätte, hätte ich den Verstand verloren.«

»Ja«, sagte der Bruder. »Diesen Eindruck hatten wir auch. Nun wird ja alles wieder gut, und gleich wird deine Tochter hier sein. Sie hat schon mit dem Gedanken gespielt, uns zu verlassen und nach Breslau zurückzukehren, um dich zu suchen. Wir hatten viel Mühe, ihr diesen dummen Gedanken auszureden und sie immer wieder zu vertrösten.«

In diesem Augenblick öffnete ich die Tür und stürzte in den Raum. Mit einem Schrei der Freude lief ich zu Mutter an die Couch und fiel ihr schluchzend in die Arme. »Daß ich dich endlich wieder habe,« stammelte ich und meine Tränen vermischten sich mit den Freudentränen der Mutter.

Ich war schon am 10. Juli in Blomberg angekommen und hatte eine Arbeitsstelle bei einer Pastorenwitwe im Haushalt angenommen. Jeder Arbeitsfähige mußte Arbeit annehmen, damit er Lebensmittelkarten erhielt. Bei der Witwe, die noch eine fünfjährige Tochter hatte, fühlte ich mich sehr wohl und wurde wie ein eigenes Kind behandelt. Ihr hatte ich auch später viel zu verdanken, als es hieß, sich eine Existenz aufzubauen und weiterzukommen. Doch jetzt hatte sie mich zunächst einmal beurlaubt, damit ich das Wiedersehen mit meiner Mutter feiern konnte. Als die Nachbarin kam und mir sagte, daß Mutter angekommen wäre, schaute ich sie zunächst nur ungläubig an, bis der Gedanke durchgedrungen war und ich eiligst davonstürmte. Endlich hatten wir uns nach den vielen Irrfahrten wiedergefunden.

Während Mutter in Bamberg um das Leben ihrer Tochter bangte, mußte ich mit Ilse am 29. Mai 1945 noch eine Nacht auf dem Bahnhof in Fürth verbringen. Am nächsten Tag konnten wir dann endlich mit einem Güterzug weiter bis nach Nürnberg fahren. Wir standen in einer Trümmerstadt und wagten uns nicht vom Bahnhof herunter. Auf dem stark verwüsteten Bahnhofsgelände herrschte trotz des Chaos' ein reger Betrieb. Laufend sah man Güterzüge, vollgestopft mit Menschen, die wie wir hin- und hergeschoben wurden.

Ein Güterzug rollte auf dem Nebengleis an unserem Zug langsam vorbei. Ehemalige Zwangsarbeiter aus Polen und Ungarn waren darin untergebracht. Sie waren überglücklich, daß sie in die Heimat zurückdurften und winkten lachend zu uns herüber, einige warfen Kekse und Fruchtbrot in unseren Waggon. Eine Köstlichkeit, die wir lange vorher und nachher nicht mehr zu sehen, geschweige denn zu essen bekamen. Wir konnten ihnen die Freude über die Heimkehr nachfühlen und winkten fröhlich zurück. Auch wir wären gern in unsere Heimat gefahren, doch das war unmöglich geworden. Die Heimat war uns verschlossen, und wir mußten uns damit abfinden, irgendwo Fuß zu fassen.

Endlich setzte sich unser Zug in Bewegung. Es war inzwischen dunkel geworden, und erst gegen 22 Uhr trafen wir in Regensburg ein, wo der Zug endete und alle aussteigen mußten. Der Bahnhof sah, wie die meisten, die wir kennengelernt hatten, verwahrlost und trostlos aus. Wir mußten uns rasch eine Unterkunft suchen, um während der Sperrzeit von der Straße zu sein. Die Bahnhofsmission, die in diesen Tagen alle Hände voll zu tun hatte, wies uns in eine nahegelegene leere Kaserne ein. Wir bekamen Schlüssel, Decken und etwas Verpflegung und durften in dem leerstehenden Gebäude in Feldbetten übernachten. Am nächsten Morgen gingen wir zum Bahnhof zurück und erlebten hier eine große Enttäuschung. Man sagte uns, daß von hier aus kein Zug Richtung München fahren würde. Wir mußten also wieder einmal auf die Landstraße und machten uns sofort auf den Weg, da es noch sehr früh war. Um die Mittagszeit versuchten wir, bei einem Bauernhof einen Teller Essen zu bekommen. Die Bäuerin lud uns zum Mittagessen ein. Nachdem wir der Hausfrau zum Dank dafür das Geschirr gespült und die Küche geputzt hatten, gingen wir auf die Straße zurück, um weiter Richtung Freising zu traben. Wir waren noch nicht weit gelaufen, da fuhr ein amerikanischer Streifenwagen an uns vorbei.

»O Schreck«, wisperte Ilse. »Jetzt sind wir dran. Die wollen doch bestimmt unsere Papiere sehen.«

Tatsächlich fuhren die beiden Soldaten, die uns zulachten, nachdem sie uns überholt hatten, langsamer und blieben schließlich mit ihrem Wagen stehen.

»Nur keine Angst zeigen«, ermahnte ich Ilse. »Ich werde sie einfach fragen, ob sie uns ein Stück des Weges mitnehmen können.«

Sie war damit einverstanden, diesen Vorstoß zu wagen. Klopfenden Herzens gingen wir zum Jeep, und während Ilse ihr entwaffnendstes Lächeln aufsetzte, suchte ich meine Schulkenntnisse zusammen, um den beiden Soldaten auf englisch klarzumachen, daß wir nach Freising wollten. Schließlich begriffen sie, daß wir gern mitgenommen werden wollten, und zu unserer großen Überraschung erlaubten sie uns, hinten in den Jeep zu steigen. Für unsere Ausweise interessierten sie sich nicht. Sie erzählten uns vielmehr, daß sie auch nach Freising fahren und daß wir heute noch dort ankommen würden.

Wieder einmal hatte uns unser guter Stern nicht verlassen, und wir waren, durch die unerwartete Aussicht, heute noch unser Ziel zu erreichen, übermütig. Ich bemühte mich, unsere Dankbarkeit auf englisch zum Ausdruck zu bringen. An unseren Gesichtern mußten die beiden jungen Amerikaner gesehen haben, welche Freude sie uns mit ihrem Entgegenkommen machten, und wir hatten das Gefühl, daß die beiden selbst sehr zufrieden darüber waren, uns helfen zu können.

Im hinteren Teil des Jeeps, in den wir eingestiegen waren, setzten wir uns auf eine der seitlich aufgestellten Bänke. Wir rückten nahe an die Trennwand und unterhielten uns, so gut es ging, durch die kleine Öffnung in der Wand mit unseren beiden Helfern. Der Beifahrer reichte von Zeit zu Zeit Bonbons und Kekse nach hinten, und wir ließen uns gern verwöhnen. Am meisten waren wir froh über die Tatsache, daß wir auf diese Weise ungeschoren durch sämtliche Militärkontrollen kamen. Da die Fahrer selbst zur Militärpolizei gehörten, kam keiner auf die Idee, ihren Wagen zu kontrollieren. Es war eine vergnügliche Fahrt. Nach etwa einer Stunde fragten uns die beiden, ob sie uns zum Essen einladen dürften. Wenn wir etwas von Essen hörten, konnten wir nie nein sagen und bejahten also in der Erwartung, daß sie an den Straßenrand fahren und etwas essen würden. Der Jeep bog jedoch an der nächsten Kreuzung in einen Waldweg und brachte uns zu einer Lichtung, die von der hellen Nachmittagssonne beschienen war. Hier war es sehr einsam, und wir hörten keinen menschlichen Laut von der Straße.

Nun wurde es uns doch etwas seltsam ums Herz, als wir mit den beiden unbekannten Männern so ganz allein im Wald waren. Wir hatten unterwegs schon zu viele Greuelgeschichten gehört, als daß wir noch sehr vertrauensvoll sein konnten. Leise tauschten wir unsere Bedenken aus und versuchten, unserer Beklemmung Herr zu werden, denn bisher hatten sich unsere beiden Helfer sehr korrekt verhalten. Wir hatten viel miteinander gelacht.

Die beiden Amerikaner stiegen aus dem Wagen und kamen nach hinten. Sie forderten uns auf, ebenfalls auszusteigen und holten eine Kiste mit Konserven heraus. Auf dem Waldboden wurde eine Decke ausgebreitet und darauf die Kiste gestellt. Hätten wir nicht das große Herzklopfen gehabt, wäre es ein schönes Picknick geworden, doch unsere Fröhlichkeit war in leise Beklemmung umgeschlagen, und wir konnten uns nicht aus unseren dummen Gedanken lösen, die uns zur Vorsicht mahnten. Ich unterhielt mich zwar weiter mit den beiden, doch sie mußten meine Unsicherheit bemerkt haben.

Wir aßen von den Köstlichkeiten, die sie uns gaben und tranken Saft aus Dosen dazu. Als das Essen beendet war, machten die jungen Männer Andeutungen, aus denen wir schließen mußten, daß sie uns wohl gerne nähergekommen wären. Sie schlugen vor, daß Ilse mit dem einen Soldaten einen Spaziergang in die eine Richtung unternehmen sollte, während ich mit dem Fahrer des Wagens in die andere Richtung gehen sollte. Damit waren wir beide jedoch nicht einverstanden, denn wir wollten unter allen Umständen zusammenbleiben. Ilse, die ohnehin kein Englisch verstand, stellte sich dumm, und ich überhörte geflissentlich den Vorschlag und begann, ihnen von unserer Heimat und einigen Erlebnissen zu erzählen, so gut mir das gelingen wollte. Als sie merkten, daß wir wenig Lust hatten, ihren Wünschen nachzukommen, meinten sie schließlich, daß wir wieder einsteigen und unsere Fahrt fortsetzen könnten. Ich bedankte mich herzlich für das köstliche Essen, und wir gingen leichten Herzens zum Wagen zurück. Die Soldaten verstauten ihre Kiste mit den leeren Dosen und die Decke und stiegen auf die Vordersitze. Ihre leichte Enttäuschung ließen sie sich nicht anmerken, und es wurde noch eine unterhaltsame und lustige Fahrt bis nach Freising.

Wir fuhren mit dem Jeep zur angegebenen Adresse. Dort verabschiedeten wir uns dankbar, und die beiden drückten uns noch eine Dose Corned Beef in die Hand. Wir waren glücklich, so rasch und sicher ans Ziel gekommen zu sein.

Es war inzwischen Spätnachmittag geworden. Wir zwei standen klopfenden Herzens vor der Haustür des schmucken Häuschens, in dem die Bekannten von Ilses Eltern wohnten. Wie würden sie uns aufnehmen, und ob sie uns überhaupt helfen konnten? Wir hatten keine Zeit, uns lange unseren Überlegungen zu überlassen. Die Tür öffnete sich auf unser Klingeln, und vor uns stand eine ältere, mütterliche Frau, die uns fragend anblickte. Ilse, die die Familie nicht persönlich kannte, machte sich bekannt und stellte auch mich vor. Als die Frau hörte, woher wir kamen und daß wir keine Heimat mehr hatten, war sie ohne Zögern bereit, uns Unterkunft zu geben.

Sie hatte noch zwei Töchter und einen Sohn, der in Gefangenschaft war, und lebte mit ihren Kindern als Witwe allein in dem Haus. Sie überließ uns das Zimmer des Sohnes, in das sie noch ein Bett stellte, und wir hätten sie vor Dankbarkeit umarmen können. Endlich hatten wir eine Bleibe gefunden. Die Frau war herzensgut zu uns, und auch die beiden Töchter, die in unserem Alter waren, nahmen uns freundlich auf. Frau Sirch, so hieß die Frau, kochte uns zunächst einen schönen starken Malzkaffee mit viel Milch und Zucker. Er schmeckte mir so gut, daß ich meinte, noch nie einen besseren Kaffee getrunken zu haben. Sie arbeitete in der Molkerei und riet uns, ebenfalls so bald wie möglich eine Arbeitsstelle anzunehmen, damit wir Papiere und Lebensmittelmarken bekommen könnten.

Wir gingen also am nächsten Tag zum Arbeitsamt und ließen uns registrieren. Schon einen Tag später wurden wir an zwei Haushalte vermittelt. Meine Familie, Eltern mit zwei halbwüchsigen Kindern, war sehr umgänglich, und ich wurde sehr gut behandelt. Man ließ mich, nachdem ich wußte, wofür ich verantwortlich war, die Arbeit verrichten, wie ich es für richtig hielt. In der Hauptsache hatte man mich für die Beaufsichtigung der Kinder eingestellt, und da ich ein großer Kinderfreund bin, machte mir die Arbeit Spaß. Nach und nach lebte ich mich in Freising ein. Nachdem wir drei Wochen im Ort waren, fand eine Kirmes statt. Die älteste Tochter von Frau Sirch lud mich ein, mit ihr zusammen diese Frühjahrskirmes zu besuchen. Ich nahm die Einladung gern an, und so machten wir uns für den Sonntagnachmittag schön und liefen los.

Voll freudiger Erwartung gingen wir zu dem Platz, auf dem ein Karussell und einige kleine Buden aufgebaut waren. In einem kleinen Wohnwagen saß eine Wahrsagerin. Ich war noch nie bei einer Wahrsagerin gewesen, doch als ich die Reklame las, wurde ich neugierig, und da ja in meinem augenblicklichen Dasein unendlich viele Fragen offenstanden, zog es mich magisch an, einen Blick in die Zukunft zu tun.

Ich sagte zu meiner Begleiterin: »Fanni, hier möchte ich mal hineingehen.«

»Ich komme mit, das macht bestimmt Spaß«, meinte sie.

Wir gingen also beide in den dunklen Wagen, um uns die Zukunft weissagen zu lassen.

Als wir uns an die Dunkelheit, die in dem kleinen Raum herrschte, gewöhnt hatten, sahen wir eine alte Frau vor einem runden Tisch sitzen. Sie hatte das Haar streng nach hinten gekämmt und zu einem Knoten geschlagen. Das Haar war tiefschwarz gefärbt und ließ das bleiche Gesicht heller erscheinen, als es in Wirklichkeit war. Das schönste in dem zerfurchten Gesicht waren die klaren blauen Augen, die uns fragend ansahen. Ich bat sie, mir zuerst zu sagen, was die Zukunft bringen würde, und bezahlte die gewünschte Gebühr. Dann setzte ich mich ihr gegenüber auf einen Holzstuhl, während Fanni in der Ecke stehenblieb. Mit ruhigen Bewegungen mischte die Frau in dem diffusen Dämmerlicht, an das wir uns langsam gewöhnten, ihre Karten.

Danach legte sie diese nach einem bestimmten Muster vor sich aus und wandte sich nach einer Pause, in der sie noch einige Karten hin und her schob, an mich: »Ich sehe, daß Sie bald heiraten werden. Es ist ein dunkler Mann, der ihren Weg kreuzt«, meinte sie.

Ich mußte innerlich lachen, denn ich konnte mir nicht vorstellen, bald zu heiraten. Ich war nichts und hatte nichts. Wie sollte ich also eine Ehe beginnen? Sie achtete nicht mehr auf mich, mischte wieder ihre Karten, und ich mußte ein Häufchen abnehmen, das sie wieder auslegte.

Schließlich sagte sie: »Sie sind von Ihren Eltern getrennt, aber Sie werden wieder mit ihnen zusammenkommen. Ihre Mutter ist sehr krank. Wie ich aus den Karten sehe, ist Ihr Heim zerstört, doch Sie werden einen Teil des Schadens ersetzt bekommen. Ihre Heimat werden Sie jedoch verlieren.«

Alles weitere, was sie mir sagte, konnte ich nicht mehr fassen. Immer wieder drangen die Worte »Ihre Mutter ist sehr krank« in mein Bewußtsein und ließen mich an nichts anderes mehr denken. Ich wartete noch ab, bis die Wahrsagerin mit Fanni gesprochen hatte, und beeilte mich, den Raum zu verlassen, als wir endlich entlassen wurden. Fanni war aufgekratzt, doch ich wurde immer stiller. Ich konnte einfach nicht mehr die Gedanken an meine Mutter verbannen und sah sie im Geiste vor mir, wie sie nach mir suchte. Da mir die Freude an diesem Nachmittag verdorben war, bat ich Fanni, mit ihren Freunden hierzubleiben. Ich wollte nach Hause gehen. Sie wollte mich jedoch nicht allein lassen, und so gingen wir beide schweigend nach Hause. Jede hing ihren Gedanken nach, und ich glaube, Fanni wußte genau, worüber ich so traurig geworden war, sie erwähnte es jedoch mit keinem Wort, und ich konnte über die Gedanken, die mich bewegten, nicht sprechen.

Daheim entschuldigte ich mich und ging sofort in mein Zimmer hinauf. Ilse war zum Glück nicht da. Ich warf mich auf mein Bett und weinte hemmungslos. Nachdem ich mich richtig ausgeweint hatte, wurde mir wieder leichter ums Herz, und als Ilse nach Hause kam, merkte sie nichts von meiner Krise. Von diesem Tag an mußte ich ununterbrochen an Mutter denken, und obwohl meine Umgebung sehr liebevoll zu mir war, packte mich eine innere Unruhe. Ich wollte nicht mehr länger in dieser wohlgeordneten Gesellschaft bleiben, ohne zu wissen, was mit meiner Mutter geschehen war. Ich mußte wissen, was aus meinem Elternhaus geworden war und versuchen, etwas über Mutter in Erfahrung zu bringen. Nachdem ich noch eine Woche durchgehalten und mir alles gut überlegt hatte, kündigte ich meinen Arbeitsplatz. Ich erzählte Ilse und Frau Sirch, daß ich nicht länger hier bleiben könne. Ich wollte versuchen, nach Breslau zurückzukommen, da ja vielleicht meine Mutter schon dort sein könnte und auf mich wartete. Frau Sirch zeigte Verständnis für meinen Entschluß. Ilse versuchte jedoch, mich umzustimmen. Als sie sah, wie ernst es mir mit dem Aufbruch war, hörte sie auf, mich zu bedrängen. Ich hatte inzwischen einen Personalausweis von der Behörde bekommen, und als ich meine Stellung kündigte, sagte mir mein Arbeitgeber, falls aus meinem Plan nichts würde, könne ich jederzeit zurückkommen. Frau Sirch bot mir an, mich in ihrem Haus unterzubringen. Ich bedankte mich herzlich für die Zuneigung, die mir entgegengebracht wurde, und ging am Samstag reich beschenkt fort.

Der Abschied von den beiden Kindern fiel mir schwer, aber ich hatte keine Ruhe mehr und wollte mein Glück versuchen. Für Montag hatte ich den Fortgang geplant. Als ich sonntags meine wenigen Sachen packte, kam Ilse ins Zimmer und setzte sich auf ihr Bett. Sie weinte und bestand darauf, mit mir zusammenzubleiben. Allein wollte sie nicht hierbleiben, dann würde sie lieber wieder mit mir herumziehen, meinte sie. Ich fragte, ob sie sich das auch gut überlegt hätte, und als sie mit aller Gewalt nicht umzustimmen war, sagte ich ihr, daß ich mich über ihre Gesellschaft riesig freuen würde, zu zweit hätten wir doch bessere Chancen, das Ziel zu erreichen.

Wir lachten nun unter Tränen und packten beschwingt unsere Sachen, während wir schon wieder Pläne für die Zukunft schmiedeten. Als erstes wollten wir beide nach Breslau zurückkehren. Dann wollte Ilse versuchen, in ihre Heimatstadt Gleiwitz weiterzuziehen. Der Optimismus kehrte zurück, und das Wanderleben hatte uns wieder.

Frohgestimmt schliefen wir ein. Am nächsten Morgen nahmen wir von der gastfreundlichen Familie Sirch Abschied. Es war der 18. Juni

1945. Wir gingen auf der Landstraße in Richtung Norden und versuchten während des Laufens einen Wagen anzuhalten, um mitgenommen zu werden. Nach einiger Zeit hielt auf unser Winken ein Lastwagen. Der Fahrer ließ uns einsteigen und nahm uns bis nach Landshut mit. Weiter fuhr er nicht, und so stiegen wir aus und setzten unseren Weg zu Fuß fort.

Zur Mittagsrast ließen wir uns am Straßenrand unter einem Baum nieder. Es war jetzt während der Mittagszeit sehr heiß und das Laufen auf der Landstraße mühsam. Ich konnte die Sonne, seit ich während des Arbeitsdienstes den Sonnenstich bekommen hatte, sehr schlecht vertragen, und es wurde mir leicht schwarz vor Augen, wenn ich mich nicht schützen konnte. Gerade als wir von unserer Rast wieder aufbrechen wollten, kam ein Lastwagen hinter uns hergefahren.

Wir winkten, und als der Wagen hielt, sahen wir, daß damit deutsche Kriegsgefangene transportiert wurden. Wir fragten die amerikanischen Bewacher, ob sie uns ein Stück des Weges mitnehmen könnten. Sie waren damit einverstanden, und wir durften mit ihnen bis nach Tirschenreuth fahren. Hier wollten wir unsere erste Nacht verbringen. Wir erhielten bei einem Bauern auf dem Dachboden ein Nachtquartier, auf dem wir unsere müden Glieder ausstrecken konnten. Das Zigeunerleben hatte uns wieder, doch wir hatten unseren Entschluß noch keine Sekunde bereut.

Am nächsten Tag ging es ausgeruht weiter. Zu hungern brauchten wir nicht mehr und auch nicht um Essen zu betteln, denn wir hatten Geld verdient, besaßen ordentliche Ausweise und Lebensmittelkarten, für die wir Proviant kaufen konnten. An diesem zweiten Tag kamen wir bis nach Marktredwitz und erreichten zwei Tage später Wunsiedel. Von hier aus wollten wir versuchen, über die Grenze zu kommen.

In Wunsiedel hielten sich zu dieser Zeit sehr viele Flüchtlinge auf, die sich bemühten, weiterzukommen. Uns wurde geraten, das russisch besetzte Gebiet nicht ohne Passierschein zu betreten, da es zu gefährlich wäre und wir bei Entdeckung sofort in Arbeitslager interniert würden. Wir nahmen uns diesen Rat zu Herzen, und da wir auf unserem Weg in die Heimat in erster Linie auf unsere Sicherheit bedacht waren, wollten wir hier in Wunsiedel bleiben und einen Antrag auf einen Passierschein beim Gemeindeamt stellen. Wir suchten uns ein möbliertes Zimmer und erhielten in einem Einfamilienhaus einen Raum mit zwei Betten und einem kleinen elektrischen Kocher, auf dem wir uns etwas Essen bereiten konnten. Damit war uns sehr geholfen. Mittags bekamen wir als Flüchtlinge von der Stadtküche für wenig Geld einen Teller Essen.

Eine Woche, nachdem wir den Paß beantragt hatten, erhielten wir auf dem Gemeindeamt, auf dem wir jeden Tag vorsprachen, die Auskunft, daß man uns keinen Passierschein für die russisch besetzte Zone ausstellen könne. Dieses Gebiet sei ab sofort gesperrt. Nun war guter Rat teuer. Ohne Passierschein trauten wir uns nicht, und jeder über die grüne Grenze geflüchtete Ankömmling riet uns davon ab, in den Osten zu fahren. Eine Frau, die erst kürzlich aus Breslau herausgekommen war, erzählte uns, daß sie die Belagerung Breslaus miterlebt hätte.

Sie war mit ihren beiden minderjährigen Söhnen auf der Flucht von Oppeln bis nach Breslau gekommen, wo ein Onkel von ihr wohnte. Es war dann nicht mehr möglich, aus Breslau herauszukommen. So mußte sie in der Festungsstadt bleiben. Der alte Onkel wurde zum Volkssturm eingezogen und konnte sich um Nichte und Kinder nicht mehr kümmern.

Deshalb mußte sich die Frau mit ihren Kindern selbst durchschlagen, als das Haus des Onkels zerstört worden war.

Sie erzählte, daß vor dem Einmarsch der Russen durch Bombenangriffe und Sprengungen der Deutschen im Westen eine Straßenzeile nach der anderen dem Erdboden gleichgemacht worden wäre. Sie lebte mit den Kindern in den Kellern zerstörter Häuser und ernährte sich von eingemachten Früchten, die sie dort teilweise vorfanden. Selbst ihr 11jähriger Sohn konnte schon an dem Krachen im Gebälk der Häuser erkennen, ob ein Geschoß in das Haus eingeschlagen war, in dem sie sich gerade aufhielten. Oft konnten sie nur in letzter Sekunde ihren Unterschlupf verlassen, bevor das Haus zusammenkrachte. Die Frau erzählte, daß sie froh war, als die Belagerung ein Ende hatte und der Krieg aus war. Sie wurde nicht von den Russen vergewaltigt, als sie in die zerstörte Stadt einzogen, doch das war ein besonderer Glücksfall. Abends wären die russischen Soldaten plündernd durch die Stadt gezogen und hätten die Frauen und Mädchen, die sie entdeckten, geschändet.

Eine Episode aus dieser Zeit, die sich besonders tief in ihrem Gedächtnis eingeprägt hatte und über die sie bisher noch nicht hinweggekommen war, erzählte sie uns während unserer Bekanntschaft. Ende Mai 1945, der Krieg war inzwischen beendet, waren drei russische Soldaten eines Morgens in dem Keller erschienen, in dem sie mit ihren Kindern und einigen anderen Personen Unterschlupf gefunden hatte. Das Mehrfamilienhaus über dem Keller war zerstört, doch der Hof hinter dem Haus war schon von Schutt geräumt worden. Die Russen schleppten ein Schwein hinter sich her und gingen durch den Raum hindurch in den Hof, der durch eine Tür in der gegenüberliegenden Wand zu erreichen war. Dort schlachteten sie das Schwein und zerlegten es. Danach wurde ein Feuer entfacht und die Deutschen, die entsetzt zugeschaut hatten, wurden aufgefordert, aus den umliegenden Trümmergrundstücken Holz zusammenzutragen.

Als die russischen Soldaten emsig bei ihrer Tätigkeit waren, wurde die vordere Kellertür geöffnet und drei russische Offiziere stürmten durch den Raum in den Hof, in dem alle erstarrt in ihrer Arbeit innehielten. Die Offiziere nahmen die drei Soldaten mit und verschwanden mit ihnen durch den Vordereingang.

Nach kurzer Zeit kam eine Dolmetscherin im Range eines Offiziers zurück und sagte in gebrochenem Deutsch: »Plündern verboten. Soldaten werden bestraft. Nix Fleisch. Ihr alles essen.« Damit machte sie kehrt und verließ den Keller. Doch keiner der Kellerbewohner faßte das Fleisch an. Sie packten ihre wenigen Habseligkeiten zusammen und suchten sich schnellstens eine andere Unterkunft.

Die Frau riet uns dringend davon ab, nach Breslau zurückzukehren, und ich glaube, diese Bekanntschaft war ausschlaggebend dafür, daß wir unseren Plan aufgaben. Wir ließen also den Gedanken an eine Rückkehr in die Heimat fallen und beantragten, da wir keine andere Möglichkeit mehr sahen, einen Passierschein für die britisch besetzte Zone. In diesem Gebiet wohnte meine Tante mit dem Bruder meiner Mutter, der noch im Feld war. Ich wußte zwar nicht, ob sie noch lebte oder vielleicht in den letzten Kriegsmonaten Hab und Gut verloren hatte, doch wir wollten versuchen, ins Lipper Land zu kommen, denn es waren meine einzigen Verwandten außerhalb Schlesiens. Ganz zaghaft hoffte ich auch, eventuell von dieser Tante etwas über meine Eltern zu erfahren. Drei Tage, nachdem wir den Antrag gestellt hatten, bekamen wir unseren Schein, und nun hielt uns nichts mehr davon ab, unseren Weg fortzusetzen.

Am 30. Juni 1945 brachen wir unsere Zelte in Wunsiedel ab und machten uns auf den Weg in Richtung Hof. Ein Student aus Sagan, der ebenfalls in unsere Richtung wollte und den wir auf dem Gemeindeamt bei der Antragstellung kennengelernt hatten, ging mit uns. Weil wir beide, wie die anderen behaupteten, uns ähnlich sahen, wurden wir oft für Geschwister gehalten. Wir hatten unseren Spaß daran, die Fremden in dem Glauben zu lassen und nannten uns neckend „Brüderchen" und „Schwesterchen". An diesem ersten Tag legten wir 25 Kilometer zurück. Eine Teilstrecke durften wir mit einem amerikanischen Lastwagen mitfahren, so daß wir am Abend in Heidt, hinter Hof, Quartier suchen konnten. Wir waren weiter gekommen, als wir geplant hatten und deshalb guter Dinge. Schon unterwegs hatten wir viel Spaß. Wenn wir laufen mußten, sangen wir frohe Wanderlieder, zwar nicht schön, aber laut.

Irgendwie freuten wir uns alle, daß es nun endlich wieder weiterging. Wir waren ruhelos geworden und fühlten uns bei dem ewigen Hin und Her nirgends zu Hause. Ilse und ich erhielten in Heidt eine Unterkunft für die Nacht bei einem Bauern, während unser Begleiter sich mit einer Übernachtung in einer Scheune, in der auch andere Flüchtlinge untergekommen waren, zufriedengeben mußte. Es waren unheimlich viele Menschen auf der Straße, die von einer Richtung in die andere wollten, und keiner von uns war verwöhnt.

Am nächsten Morgen hatten wir wieder Glück. Wir wurden von einem Auto mitgenommen und kamen bis nach Ober-Kotzau. Unterwegs schloß sich uns ein Schwabe an, über den wir uns jedoch schrecklich ärgern mußten. Er wußte nicht nur alles besser, er nahm auch anstandslos von uns an, daß wir unsere kärglichen Lebensmittel mit ihm teilten. Als wir dahinter kamen, daß er in seinem Rucksack viel mehr Lebensmittel mit sich trug, als wir drei zusammen hatten, schworen wir ihm Rache.

Wir wollten ihn so schnell wie möglich wieder loswerden. Als wir in Ober-Kotzau alle unsere Quartiere bezogen hatten, setzten wir, d.h. Ilse, der Student und ich, uns kurz zusammen und beschlossen, dem Schwaben kurz vor der Sperrstunde ein Ständchen zu bringen. Er hatte sich schon früh von uns verabschiedet, wahrscheinlich, um sein Abendessen allein einzunehmen. Er wußte ja nicht, daß wir seine Schätze entdeckt hatten. Wir warteten also, bis die Dunkelheit hereinbrach und versteckten uns in der Nähe des Hauses, in dem er übernachten wollte.

Er hatte sich schon zur Ruhe begeben, als wir mit einem schrecklichen Gegröle anfingen, ihm ein Ständchen zu bringen. Unsere falschen Töne taten den Ohren weh, und ich glaube, sogar die Katzen vergaßen vor Schreck zu miauen. Als der so Geehrte schimpfend in der Tür erschien, konnten wir uns vor Lachen nicht halten. Ilse überreichte ihm einen Strauß Brennesseln, die wir vorher gepflückt hatten. Wir wünschten ihm eine »Gute Nacht« und waren im Nu verschwunden. Sein Gezeter war noch weit zu hören. Am nächsten Morgen ließ er sich nicht mehr sehen, und wir waren ihn los.

Leider mußten wir uns nun auch von unserem fröhlichen Wandergefährten trennen. Er ging in westlicher Richtung weiter, während wir uns nördlich hielten. Über Nacht war das schöne Sommerwetter umgeschlagen. Als wir morgens wach wurden, regnete es in Strömen. Das erschwerte unser Vorwärtskommen erheblich. Mein Schirm, den ich in Prag mitgenommen hatte, schützte uns kaum vor dem starken Regen. Dieser Knirps, den ich einmal von Vater geschenkt bekommen hatte und an dem ich jetzt sehr hing, war für zwei Personen einfach zu klein. Wir mußten uns um eine Mitfahrgelegenheit bemühen, um nicht vollständig durchnäßt zu werden, und gingen in das Flüchtlingslager, das in einem Gasthaus eingerichtet worden war. In jedem größeren Ort gab es nun solche Lager für Durchreisende.

Zwei Tage mußten wir hier ausharren. Wir schliefen im großen Saal auf Strohlagern, die auf dem Fußboden aufgeschüttet waren, und hielten uns tagsüber im Ort auf, um Ausschau nach einer passenden Mitfahrgelegenheit zu halten. Am zweiten Tag erfuhren wir, daß der Zirkus Busch, der in Dorntal gastiert hatte, am nächsten Tag weiterfahren würde. Wir machten uns also auf zum Zirkusplatz und baten darum, den Direktor zu sprechen. Als er uns empfing, stellten wir uns vor und fragten ihn, ob er uns bei der Weiterfahrt in seinem Wagen mitfahren ließe. Er war sehr freundlich und wies uns nach einiger Überlegung einen Platz auf einem Lastwagen an. Einige Landser, die es noch massenhaft auf den Landstraßen gab, durften ebenfalls mitfahren.

In langer Kolonne fuhren die Wagen auf der Autobahn in Richtung Nürnberg. Es regnete weiterhin ununterbrochen, aber das machte uns jetzt nichts mehr aus. Wir saßen unter der Plane des Lastwagens zwischen Pappkartons und Holzkisten, die die Requisiten des Zirkus enthielten, und kamen auf diese Weise unserem Ziel wieder ein Stück näher. Nachts mußte der Zirkus mit seinen Wagen auf einem Nebenweg Rast machen, und wir schliefen, trotz der Enge auf dem Laster, friedlich ein. Der Regen hämmerte gleichmäßig auf das Wagendach und sang uns in den Schlaf.

Am nächsten Morgen fuhren wir dann weiter bis nach Fürth, der Endstation für den Zirkus. Uns war dieser Ort von unserer Hinreise her nicht ganz unbekannt, und wir wußten, daß man von hier aus gut mit der Bahn weiterkommen konnte. Wir gingen also, nachdem wir uns von dem Direktor und unseren Mitgefährten verabschiedet hatten, zum Güterbahnhof. Auf einem Gleis stand ein offener Waggon, in den es mächtig hineinregnete. Trotz des starken Regens war der Zug vollgestopft mit Menschen, die versuchten, sich unter Schirmen und Zeltplanen vor der Nässe zu schützen. Wir fanden ein Plätzchen und spannten ebenfalls unseren Schirm als Schutz auf.

Als einer der Landser unser vergebliches Bemühen sah, uns vor dem Regen schützen zu wollen, reichte er uns eine Zeltplane herüber. Unter diesem buntgemusterten, mit Tarnfarbe verzierten Tuch fanden wir schließlich etwas Schutz. Nach kurzer Zeit setzte sich der Zug in Bewegung. Er fuhr über Bamberg, Schweinfurt, Würzburg und Aschaffenburg bis nach Kassel. Hier regnete es glücklicherweise nicht mehr, und wir waren froh darüber, eine derart lange Strecke unseres Weges bewältigt zu haben. Wir hatten inzwischen den 7. Juli 1945. Auf dem Bahnhof in Kassel mußten wir übernachten, da wir uns ja während der Sperrstunden nicht auf den Straßen bewegen durften. Am nächsten Morgen machten wir uns zu Fuß auf den Weg nach Obervellmar. Es war jetzt wieder ein sehr heißer Tag, und der plötzliche Witterungsumschwung machte uns gesundheitlich sehr zu schaffen.

Während der Mittagszeit, wenn die Sonne glühend vom Himmel brannte, legten wir eine Pause ein. Wir hielten unter einem schattigen Baum an der Landstraße Rast, und es dauerte nicht lange, da schliefen wir tief und fest. Nachmittags, wenn es etwas kühler wurde, setzten wir dann erfrischt unseren Weg fort. Gegen Abend hielten wir nach unserem erprobten Rezept, in welchem Bauernhaus der Schornstein rauchte, Ausschau. Dort mußte ja das Abendessen zubereitet werden.

Wir gingen zu einem der Häuser, klopften an die Tür und fragten, als uns geöffnet wurde: »Entschuldigen Sie die Störung. Wäre es vielleicht möglich, daß wir uns bei Ihnen eine Suppe kochen dürfen?« Wir besaßen einige Suppenwürfel zum Aufbrühen.

»Kommen Sie nur herein«, sagte eine Frau mit Kopftuch und großer Leinenschürze, die wir für die Bäuerin hielten. »Sie können sich Ihre Suppe in der Küche kochen. Ich komme auch gleich in die Küche, um das Abendessen zu bereiten.«

Dann zeigte sie uns den Raum, in dem gemütlich ein großes Feuer im Herd brannte. In der Mitte stand ein stabiler Holztisch, eingedeckt mit Tellern und Besteck. Wir erhielten einen Topf für unsere Suppe, füllten in diesen das Wasser und stellten ihn auf den Herd, nachdem wir unser Suppengemisch hineingerührt hatten. Die Hausfrau hatte den Raum für kurze Zeit verlassen und erschien danach wieder ohne Kopftuch, mit einer sauberen Schürze vor dem Kleid. Sie stellte eine große Pfanne auf den Herd, gab Fett hinein und schnitt gekochte und gepellte Kartoffeln in Scheiben. Offensichtlich sollte es zum Abendessen Bratkartoffeln geben. Die Bäuerin sprach nicht viel, während sie ihrer Arbeit nachging, doch ab und zu sah sie auf unseren Topf, in dem die dünne Brühe brodelte.

Schließlich fragte sie: »Wohin wollen Sie denn gehen?«

Wir erzählten ihr, daß wir zu meiner Tante nach Blomberg wollten, und fragten, ob sie wüßte, wo man hier im Ort übernachten könne.

»Wenn Sie wollen, können Sie bis morgen bei uns bleiben. Ich habe in einer Kammer zwei Betten stehen, in denen Sie schlafen könnten.« Und ob wir wollten...!

»Von Ihrer Brühe werden Sie wohl nicht sehr satt werden«, sagte sie schließlich. »Wenn Sie Bratkartoffeln mit Sülze mögen, können Sie mit uns Abendbrot essen.«

Welche Frage! Natürlich mochten wir Bratkartoffeln mit Sülze! Wie lange hatten wir ein solch derbes, deftiges Essen nicht mehr zu sehen, geschweige denn zu essen bekommen? Wir blieben gern und hatten wieder einmal eine Unterkunft gefunden, in der die Menschen nett zu uns waren.

Der Bauer war wortkarg, aber herzlich zu uns, und die Tochter lüftete rasch die Betten, in denen wir schlafen sollten. Außerdem nahmen noch zwei Tanten und ein älterer Mann am Abendessen teil. Die Tanten waren in ihrem Heimatort ausgebombt, wie wir erfuhren, und der Mann arbeitete zusammen mit dem Bauern auf den Feldern, während die Frauen Haus und Vieh versorgten. Die Leute ließen uns am nächsten Tag ausschlafen und bestanden darauf, daß wir erst nach dem Mittagessen weiterziehen sollten.

Uns war das recht, denn es wartete ja niemand auf uns. Frisch gestärkt und ausgeruht verließen wir nach dem Essen das gastliche Haus und gingen zum nächsten Bahnhof, um in Richtung Warburg weiterzufahren. Am Spätnachmittag stiegen wir in einen Zug ein. Zu unserem Schrecken mußten wir unterwegs feststellen, daß wir einen falschen Zug genommen hatten. Das war uns noch nie passiert. Statt in Warburg kamen wir abends gegen 20 Uhr in Volkmarsen an. Wir mußten uns also für diese Nacht wiederum eine Unterkunft suchen und durften bei einem Bauern in der Scheune übernachten.

»Morgen früh wollen wir aber schon zeitig aufbrechen«, sagte Ilse vor dem Einschlafen zu mir. »Vielleicht können wir mit einem Auto weiterkommen.«

»Gut«, meinte ich, »aber vor dem Aufstehen wollen wir doch wohl nicht weiter?« neckte ich sie.

Wir waren beide froh darüber, daß wir schon eine so große Strecke hinter uns gebracht hatten. Am nächsten Morgen, dem 9. Juli, hielt auf unser Winken an der Straße tatsächlich ein Auto und nahm uns mit bis nach Warburg. Da hatten wir also unseren alten Weg wiedergefunden. Auf dem Bahnhof erfuhren wir, daß wir erst in etwa neun Stunden nach Paderborn weiterfahren könnten. Um den Zug nicht zu verpassen, wollten wir auf alle Fälle auf dem Bahnhof bleiben. Es konnte ja auch sein, daß zwischendurch noch ein anderer Zug eingesetzt würde.

Auf dem Bahnhofsgelände, das sehr schmutzig und von Menschen überfüllt war, sahen wir sehr viele Ausländer, wie Polen, Russen, Amerikaner und Engländer. Ilse und ich hatten uns in einer Ecke auf einen umgestülpten Karton gesetzt. Wir beobachteten mit Interesse die vielen Fremden und unterhielten uns hier und da mit einem Leidensgenossen, um Erfahrungen auszutauschen. Endlich, mit einer halben Stunde Verspätung, konnten wir dann in unseren Zug nach Altenbeken einsteigen. Wir kamen spätabends auf dem Bahnhof an und mußten hier noch eine Nacht verbringen, bis die Sperrstunde vorbei war.

Schon früh am nächsten Morgen erkundigten wir uns nach dem Weg in Richtung Blomberg, unserem Zielort. Man wies uns einen Waldweg über einen Berg, den wir einschlugen. Unsere Schuhe waren total hinüber, und der Anstieg fiel uns schwer, doch als wir die Höhe erreicht hatten, genossen wir die schöne Aussicht und machten eine kurze Rast. Nun, da wir dem Ziel so nahe waren, befürchteten wir, daß wir meine Tante vielleicht nicht antreffen könnten. Sie hatte während der letzten Kriegstage an meine Mutter von vielen Bombenangriffen geschrieben, und nachdem wir unterwegs die Trümmerstädte gesehen hatten, mußten wir damit rechnen, daß auch Blomberg schwer beschädigt war und meiner Tante etwas zugestoßen sein konnte. Es war uns nicht ganz wohl in unserer Haut, doch bald würden wir Gewißheit haben.

Gegen Mittag erreichten wir Horn, ein reizvolles Städtchen am Fuße des Teutoburger Waldes. Dort stellten wir uns auf den Rat eines Einheimischen bei der Post an die Straße und versuchten, von einem Wagen mitgenommen zu werden. Es waren jetzt nur noch 13 Kilometer bis nach Blomberg. Nach kurzer Zeit hielt ein Lastwagen, und der Fahrer wollte uns bis nach Blomberg mitnehmen. Er kannte den Ort offensichtlich, denn er fragte, zu welcher Straße wir wollten, und erbot sich, uns an der Hagenstraße abzusetzen, bevor er selbst seine Fahrt zu Ende bringen wollte. Nachdem wir kurze Zeit gefahren waren, wies er auf einen Ort vor uns, der, auf einen Berg gebettet, im Sonnenlicht auftauchte. Im Vordergrund stand eine große Burg. »Das da vorn ist Blomberg!« meinte er.

»Oh, liegt dieser Ort aber schön«, sagten Ilse und ich wie aus einem Mund.

»Ja«, sagte der Fahrer, »Blomberg liegt sehr malerisch. Früher wurden hier einmal viele Nelken gezüchtet, daher der Name Blomberg, der Blumenberg bedeutet.«

Als wir näherkamen und kein einziges kaputtes Haus sahen, wollte ich doch erst einmal wissen: »Wie war denn hier die letzte Zeit des Krieges? Ist kein Haus zerschossen oder durch Bomben zerstört worden?«

»Nun, ein Blindgänger ist auf einem Feld vor den Toren Blombergs eingeschlagen, doch in der Stadt wurde nichts zerstört«, sagte der Fahrer.

Wir beide konnten uns nicht genug darüber wundern, daß sich Blomberg als eine vom Krieg völlig unberührte, idyllische Kleinstadt entpuppte. Was hatte meine Tante wohl für Bombenangriffe gemeint? Wahrscheinlich die Bombenalarme, die ausgelöst wurden, wenn die Flugzeuge über Blomberg in die Industriegebiete flogen, um dort ihre Last abzuwerfen. Nun konnte ich Hoffnung haben, meine Tante wohlbehalten anzutreffen. Jedenfalls waren wir beide angenehm überrascht von dem Ort auf dem Berg.

An der Hagenstraße setzte uns der Fahrer ab. Wir gingen die Straße, die ebenfalls an einem Berg lag, hinauf und suchten die Nummer 42. Wir hatten der Tante von Breslau aus oft geschrieben, und sie hatte uns zu Hause auch mehrfach besucht, doch wir selbst waren nie nach Blomberg zu einem Gegenbesuch gekommen. Die Adresse war mir sehr geläufig, da ich auch aus dem Arbeits- und Kriegshilfsdienst an meine Tante geschrieben hatte. Als wir am Ende der Straße auf dem Berg angekommen waren und einen größeren Platz erreicht hatten, mußten wir feststellen, daß in dieser Straße kein Haus mit der gesuchten Nummer aufzufinden war. Die Straße endete mit der Hausnummer 38 auf dem Platz. Nun war guter Rat teuer.

»Bist du ganz sicher, daß die Nummer 42 auch richtig ist?« fragte mich Ilse.

»Ja«, sagte ich, »ich weiß das ganz genau. Schließlich habe ich doch oft genug hierher geschrieben und Post erhalten.«

»Aber diese Straße hat doch keine Nummer 42«, argumentierte Ilse.

»Dann hast du vielleicht den Straßennamen nicht richtig im Gedächtnis.«

»Nein«, widersprach ich energisch. »Du weißt doch, daß ich den Ort vorher nicht kannte, und du siehst, daß es eine Hagenstraße gibt, also muß irgend etwas nicht stimmen. Die Adresse, die ich mir gemerkt habe, ist unbedingt richtig.«

Nachdem wir noch einmal ratlos die letzte Hausnummer betrachtet hatten, suchte ich nach jemandem, den ich fragen könnte. Ich sah gegenüber auf der anderen Straßenseite eine Frau in der Haustür stehen, die uns interessiert beobachtete, und ging zu ihr hinüber.

»Entschuldigen Sie eine Frage«, sprach ich sie an. »Wir suchen das Haus Nummer 42 in der Hagenstraße, können jedoch am Ende der Straße nur das Haus mit der Nummer 38 entdecken. Können Sie uns vielleicht weiterhelfen?«

»Ja, natürlich«, lächelte die Frau. »Sie müssen quer über den Platz gehen. Da drüben sehen Sie die Fortsetzung der Hagenstraße, und da werden Sie auch das Haus mit der Nummer 42 finden.«

Damit zeigte sie auf eine Straße, die ebenfalls auf den Platz mündete, wie zwei weitere Einmündungen. Uns fiel ein Stein vom Herzen, und wir lachten uns gegenseitig aus, daß wir nicht selbst auf die Idee gekommen waren, eine Fortsetzung der Straße zu suchen. Nach wenigen Schritten standen wir dann endlich vor dem Haus Nr. 42. Eine Klingel oder ein Namensschild konnten wir an der Haustür nicht entdecken, also öffneten wir die Tür und traten in den dunklen Flur. Hier klopften wir an eine Tür, auf der ein Schild mit dem Namen Meier angebracht war. Eine Frau mittleren Alters öffnete uns.

»Wohnen hier in dem Haus Herr und Frau Frunzke?« fragte ich. Meine Verwandten hatten keine Kinder.

»Ja«, sagte die Frau, »im oberen Stockwerk.«

Ich bedankte mich für die Auskunft und stieg mit Ilse die Treppe hinauf. In dem Treppenhaus war es sehr dunkel, und als wir oben ankamen und an den drei Türen, die auf den kleinen Flur mündeten, kein Namensschild entdecken konnten, klopften wir schließlich an die erste Tür, die der Treppe am nächsten stand. Wie sich herausstellte, hatten wir an die Schlafzimmertür geklopft. Es öffnete sich jedoch die geradeaus liegende Küchentür, und meine Tante steckte den Kopf heraus.

»Möchten Sie zu mir?« fragte sie.

»Ja, Tante Frieda, ich suche dich!« antwortete ich.

»Helga, ist es möglich?« rief sie und öffnete weit die Tür, so daß etwas Licht auf den kleinen Flur fiel und sie uns sehen konnte.

»Komm herein und laß dich anschauen!«

»Ich habe aber noch jemanden mitgebracht«, antwortete ich. »Ilse ist ebenfalls Flüchtling, wir beide haben uns auf der Flucht kennengelernt und alle Strapazen miteinander erlebt.«

»Nur herein«, sagte Tante Frieda, indem sie mich herzlich in die Arme schloß und Ilse, die sich nun vorstellte, freundlich die Hand reichte.

»Ich habe schon damit gerechnet, daß du eines Tages bei mir auftauchen könntest«, erklärte Tante Frieda, nachdem wir uns zu einer Tasse Kaffee an den Tisch gesetzt hatten.

»Wie kommst du denn darauf?« wollte ich wissen.

»Deine liebe Mutter, Helga, hat mir aus Breslau während der letzten Kriegstage einen Brief geschrieben, in dem sie mich bat, für dich zu sorgen, falls ihr und deinem Vater etwas zustoßen sollte. Selbstverständlich habe ich ihr das versprochen. Du warst noch in Oberschlesien, und sie hatte längere Zeit nichts von dir gehört.«

Sie holte den Brief aus dem Nebenzimmer und gab ihn mir. Ich konnte meine Tränen nicht zurückhalten, als ich die vertrauten Schriftzüge meiner Mutter sah, und auch Ilse liefen die Tränen über die Wangen. Auch sie hatte ja bisher von ihren Angehörigen nichts mehr gehört.

Vaters Gefangenschaft und Rückkehr

Wie sich später herausstellte, war mein Vater ins Internierungslager in Rokitzan, in das Mutter aus der Tschechoslowakei gebracht worden war, von den Amerikanern eingeliefert worden. So hatten beide einige Tage zusammen im gleichen Lager gelebt, ohne voneinander zu wissen. Vater hatte von uns seit Anfang des Jahres 1945, als wir Breslau verlassen hatten, keine Nachricht mehr erhalten. Er wußte nicht, wo wir waren, und wir wußten nichts von ihm. Die letzten Tage vor Kriegsende war er in Ungarn und kam dann nach Österreich, wo er bei der Kapitulation am 8. Mai 1945 von den Amerikanern in Stockerau bei Linz gefangengenommen wurde. Zusammen mit seinen Kameraden kam er in das Lager Rokitzan. Nach einigen Tagen bei den Amerikanern wurden alle ehemaligen Soldaten der 6. Armee, zu der auch Vater gehört hatte, an die Russen ausgeliefert. Die 6. Armee hatte in Stalingrad gegen die Russen gekämpft und war dort eingeschlossen und aufgerieben worden. Nun wollten die Russen den Rest dieser versprengten Truppe zur Vergeltung für den Kampf um Stalingrad übergeben haben und hatten sich entsprechend mit der amerikanischen Siegermacht geeinigt. Die Gefangenen waren machtlos und mußten sich fügen.

Die Russen transportierten ihre Gefangenen aus dem Lager nach Rumänien, um sie dort auf Arbeitslager zu verteilen. Im August 1945 kam Vater in das aus dem Ersten Weltkrieg berüchtigte Gefangenenlager, das ihm als „Hölle von Fogschani" dem Namen nach bekannt war. In diesem Lager war sein Schwiegervater als Kriegsgefangener im Ersten Weltkrieg lebendig begraben worden. Er hatte sich seinerzeit aus dem Massengrab befreien können und war als kranker Mann nach Haus gekommen. Kurze Zeit nach seiner Heimkehr starb er.

Vater sollte bald erkennen, wie berechtigt der Name des Lagers war. Einige Deutsche, die als Lagerpolizisten fungierten, machten sich bei den Russen lieb Kind und behandelten ihre eigenen Kameraden schlimmer als die Russen selbst. Sie bestahlen ihre Kameraden, wo sich Gelegenheit bot. Wenn sie deshalb von einem Gefangenen beschimpft wurden, wurde diesem an seine Kleidung ein Zettel mit dem Wort „gestohlen" angeheftet, und er wurde kurzerhand in die Latrine geworfen, wo er elend umkam. Die russische Wachmannschaft verschloß die Augen vor diesen üblen Machenschaften.

Im Oktober 1945 wurde Vater nach Rußland transportiert und kam dort in der Nähe von Moskau in ein Lager. Hier wurden die Gefangenen anständiger behandelt als vorher. Es war jedoch keine feste Unterkunft vorhanden, und die Gefangenen, die nachts im Freien kampieren mußten, froren jämmerlich. Sie besaßen weder warme Kleidung noch Dekken, um sich vor der Kälte zu schützen. Tagsüber wurden sie zu einer Werft gefahren, in der sie zusammen mit russischen Zivilisten Schiffe ent- und beladen mußten. Sie bekamen das gleiche Essen wie die Russen und brauchten bei dieser Arbeit nicht zu hungern.

Nach einer Woche kam Vater wieder in ein anderes Lager nahe bei Moskau. Das Lager war in einer Ziegelei mit dem Namen „Rote Erde" untergebracht. Hier wimmelte es von Kriegsgefangenen, die in der Ziegelei arbeiten mußten. Vater wurde für die Brennerei eingeteilt. Er mußte bei Gluthitze und mit leerem Magen den Ofen bedienen. Die Zunge hing ihm trocken aus dem Hals und der Gaumen fühlte sich bald geschwollen an. Einige Wochen hielt er diese schwere Arbeit aus, dann wurde er aus seiner Lethargie gerissen. Er hatte viel Gewicht verloren und dachte nur noch daran, wie er es anfangen könnte, sich wieder einmal richtig satt zu essen. Seine Träume gaukelten ihm die schönsten Genüsse vor, und seine Gedanken kreisten unentwegt ums Essen. Endlich kam ihm eine Idee.

Er beobachtete die Wachtposten, die nachts die Küchenbaracke beaufsichtigen mußten, und bekam den Rhythmus heraus, in dem sie die einzelnen Rundgänge machten. Als er eines Nachts eine günstige Gelegenheit sah, schlich er sich aus dem Schlafraum und kletterte vorsichtig und, da er sehr geschwächt war, mühsam auf das Dach der Baracke. Der Wachtposten hatte ihn nicht bemerkt, und Vater kletterte durch den Lichtschacht in die Küche, wo er genau in einem großen leeren Suppentopf landete. Langsam und leise kroch er aus dem Topf heraus. Nun sah er sich erst einmal in der Küche um. Die Vorräte, die hier lagerten, ließen ihm die Augen übergehen. Er setzte sich auf einen Hocker und aß in sich hinein, was er erreichen konnte, bis er satt war. Jetzt fühlte er sich so richtig wohl. Nach einer kurzen Verschnaufpause steckte er sich noch zwei Weißbrote in die Hosenbeine und band sich die Hose unten fest zu, damit die Brote nicht herausfallen konnten. Leise schlich er sich ans Fenster, um die Wache draußen zu beobachten. Er wußte, daß die russischen Posten die Gewohnheit hatten, auf ihren Patrouillengängen zu pfeifen. Vater wartete, bis das Pfeifen verstummte, denn dann war erfahrungsgemäß der Posten vom Schlaf übermannt worden.

Nachdem er schon eine Weile kein Pfeifen mehr gehört hatte, öffnete er vorsichtig das Fenster und kletterte hinaus. Die Küche befand sich zu ebener Erde. Er schlich sich leise in den Schlafraum zurück und gab seinem Bettnachbarn, der Wache gehalten hatte, ein mitgebrachtes Brot. Nun war er sicher, daß er nicht verraten würde und legte sich beruhigt schlafen. Für einige Tage war der Hunger gestillt, und er ging seiner Arbeit wieder mit etwas mehr Schwung nach. Wenn er vor dem Ofen arbeitete, grübelte er unentwegt darüber nach, wie er dieser Gefangenschaft ein Ende bereiten könnte. Nach vorsichtigem Herumhorchen fand er drei gleichgesinnte Gefangene, und wann immer es möglich war, beratschlagten die vier nun, wie sie es anstellen könnten, aus dem Lager zu entkommen. Nach vielem Hin und Her glaubten sie, eine Möglichkeit gefunden zu haben. Es war inzwischen Frühjahr geworden im Jahre 1946.

In diesem Lager war es üblich, daß abends nach der Tagesarbeit Gefangene zum Kartoffelschälen und Gemüseputzen für den nächsten Tag abkommandiert wurden. Jeweils zehn Kameraden mußten diesen Dienst verrichten. Die Küchenbaracke stand direkt an der Lagergrenze, und einer der vier Verschworenen hatte beobachtet, daß in dem Kartoffelkeller an der Außenseite der Baracke eine Art Luke angebracht war, die von innen verschlossen wurde. Durch diese Luke wurden Kartoffeln und Rüben direkt vom Wagen in den Keller geschüttet. Wenn es ihnen nun gelingen würde, in den Kartoffelkeller zu gelangen und die Falltür der Luke hochzuheben, konnten sie an der Außenseite des Lagers fliehen.

In den nächsten Tagen meldeten sie sich freiwillig zum Kartoffelschälen. Sie wurden von den anderen Kameraden schon ausgelacht, weil sie immer wieder bereit waren, nach der schweren Tagesarbeit noch den Küchendienst zu verrichten. Aber es klappte zunächst nicht, daß alle vier gemeinsam in eine Runde kamen, und so verrichteten sie weiterhin turnusmäßig freiwillig die Abendarbeit. Da es hierfür immer viele Freiwillige gab – manch ein Kartoffel- oder Gemüsestrunk verschwand in den Bäuchen der hungrigen Plennys – fielen die vier als Gruppe nicht auf.

Die Tage vergingen, ohne daß sich eine günstige Gelegenheit zur Flucht bot, und die vier waren nahe daran, ihren Plan aufzugeben, als sie endlich eines Abends zusammen zum Kartoffelschälen eingeteilt wurden. An diesem Abend wollten sie nun ihren langgehegten Plan verwirklichen. Da es draußen noch sehr kalt war, fiel es nicht auf, daß sie ihre dicken, wattierten Jacken zur Arbeit anzogen. Es wußte ja keiner, daß darunter die wenigen Habseligkeiten der vier Gefährten verborgen waren.

Als die Eimer mit den Kartoffeln schon fast vollgeschält waren, verließ der Koch, der die Leute beaufsichtigte, die Küche. Darauf hatten die vier schon gewartet. Einer von ihnen meinte harmlos: »Von mir aus könnt ihr Schluß machen, das bißchen schaffe ich schon mit Ernst zusammen *(einem Fluchtkameraden)*.«

»Ich will euch noch ein bißchen helfen, dann geht es schneller«, meinte Vater, und der vierte von der Partie sagte nichts, blieb aber wortlos zurück. Die anderen sechs nahmen das Angebot, endlich zur Ruhe zu kommen, allzugern an und verließen nacheinander die Küche. Endlich war der Letzte draußen, da verriegelten sie rasch die Küche von innen. Dann stürzten sie in den Kartoffelkeller, der noch nicht abgeschlossen war, und buddelten hastig die Kartoffeln vor der Luke weg. Mühsam stießen sie den schweren Riegel an der Lukentür zurück, nachdem sie das Schloß aufgebrochen hatten. Endlich war es geschafft. Nacheinander zwängten sie sich durch das enge Loch und zogen auf der anderen Seite rasch ihre Wattejacken, die sie ausgezogen und durch die Öffnung geworfen hatten, wieder an. Kaum war der letzte aus dem Loch gekrochen, stürzten sie über einen angrenzenden Acker in ein nahegelegenes Wäldchen. Es war tiefdunkel, als der Wald sie verschluckte, und sie hörten von weitem im Lager die Alarmsirenen heulen. Der Koch mußte also zurückgekommen sein und die Flucht entdeckt haben. Im und rund um das Lager wurde nach ihnen gesucht.

Die vier hetzten weiter durch den Wald, bis sie nichts mehr hören konnten. Endlich, es war schon gegen Morgen, verkrochen sie sich in dichtem Unterholz und fielen übermüdet in einen tiefen Schlaf. Sie waren die Nacht hindurch unentwegt weitergelaufen und nun so weit vom Lager entfernt, daß sie sich einigermaßen sicher fühlen konnten. Als sie gegen Mittag erwachten, rissen sie von ihren Jacken die Schilder mit dem Wort „Plenny", das sie als Kriegsgefangene auswies, ab. Nun unterschieden sie sich äußerlich mit ihren alten wattierten Jacken nicht sehr von der Landbevölkerung. Erst bei Anbruch der Dunkelheit wagten sie weiterzugehen. Vorsichtig mieden sie bewohnte Gegenden. Erst spät am Abend legten sie sich in einem geschützten Waldgebiet zur Ruhe nieder.

Als sie sich einige Tage später vor Hunger kaum mehr auf den Beinen halten konnten, buddelten sie auf den Feldern in der späten Abenddämmerung Kartoffeln aus, die von den Bauern als Saat in die Erde gelegt worden waren. Nur notdürftig abgerieben wurden sie verzehrt. Als sie schon längere Zeit unterwegs waren, trauten sie sich, bei der Zivilbevölkerung um etwas Nahrung zu betteln, und die Bauern, die selbst arm waren, gaben ihnen von ihrem Wenigen ab, so daß sie sich einigermaßen über Wasser halten konnten.

Bis Minsk hatten sich die vier Ausreißer, Vater, ein ehemaliger Feldwebel, ein Unteroffizier und ein Leutnant, schon durchgeschlagen. Die beiden Offiziere hatte sich Waffen besorgen können und führten diese mit sich. Vater und der Feldwebel lehnten den Besitz einer Waffe ab. Sie wollten unbewaffnet bleiben.

Im Umgang mit den Bauersleuten hatten sie einige Brocken Russisch gelernt, und wenn Vater mit Leidensmiene die russischen Bäuerinnen mit »Boshe, moj boshe« oder »Gospodi, gospodi«, was wohl etwa »O Gott, o Gott« bedeuten sollte, anjammerte, wurde fast jede dieser mitleidigen Seelen weich, und sie gaben ihnen etwas zu essen. Einige Kilometer hinter Minsk, die vier fühlten sich jetzt schon recht sicher, suchten sie wieder einen kleinen Hof auf. Der Altbauer nahm sie in die Küche, während der Sohn wieder hinausging. Es dauerte nicht lange, da kam der Sohn mit zwei Polizisten zurück, die die vier Ausreißer in Empfang nahmen. Die beiden Offiziere wollten ihre Waffen ziehen, wurden aber als erste überwältigt, und alle vier wurden eingesperrt. Am nächsten Tag kam die russische Militärpolizei, holte sie ab und brachte sie in das alte Lager bei Moskau zurück. Die beiden bewaffneten Männer wurden ohne großen Prozeß erschossen, Vater und der unbewaffnete Kamerad zu zehn Tagen schwerem Kerker verurteilt. Der Traum von Freiheit und Heimat war ausgeträumt.

Vater wurde in ein fensterloses Kellerloch gesperrt, das so klein war, daß er sich nicht hinlegen konnte. Wenn er liegen wollte, mußte er sich zu einer Rolle zusammendrehen und die Beine vor die Brust ziehen. Oberhalb des engen Verlieses befand sich ein Eisengitter. Einmal am Tag bekam er durch dieses Gitter einen Eßnapf gereicht. Wenn er diesen nicht sofort ergreifen konnte, fiel er auf die Erde, und Vater konnte sich nicht bücken, um den Fraß, den man ihm hinuntergeworfen hatte, aufzuheben.

Das Gefühl für Tag und Nacht hatte Vater bald verloren. Während der letzten Tage war er nicht mehr fähig, sich aufzurichten, um nach dem Napf zu greifen. Er lag nur noch zusammengekrümmt auf dem Boden. Über sich und um sich das hereingeworfene suppige Essen, das von den Ratten und anderem Ungeziefer, das mit ihm die Zelle teilte, aufgefressen wurde. Von Zeit zu Zeit fiel er in eine tiefe, wohltuende Bewußtlosigkeit, und er wünschte sich nur, daß er daraus nicht mehr erwachen möge.

Als die zehn Tage vorbei waren, zog man den zu einem Skelett abgemagerten Sträfling aus dem Loch. Zwei Männer mußten ihn durch das Einwurfloch, an dem die Gittertür hochgeklappt war, nach oben ziehen und sofort ins Lazarett bringen. Vater war jetzt alles gleich. Er freute sich nicht einmal mehr über das Tageslicht, das seine Augen blendete, und ließ teilnahmslos alles mit sich geschehen.

Im Lazarett wurde er aufgepäppelt, wenn auch wider Willen, denn er wollte anfangs keine Nahrung zu sich nehmen und konnte nichts im Körper behalten. Eine nette, noch junge Ärztin bemühte sich sehr um ihn und gab ihm gute Medikamente und Aufbauspritzen, die ihn nach und nach wieder auf die Beine brachten. Die Ärztin machte sich mit dieser Sonderbehandlung, die nicht bekannt werden durfte, strafbar, doch Vater wußte nichts davon.

Nach etwa drei Wochen war er soweit wiederhergestellt, daß er bedingt arbeitsfähig geschrieben werden mußte. Er bekam jetzt eine Arbeit in seinem Beruf als Maler in einem Keramikwerk in Moskau. Ihm gefiel diese Arbeit, die ihm die Ärztin ausgesucht hatte, ausnehmend gut, und er blühte sichtlich auf. Auch als er die Fassade des Werkes streichen mußte, hatte er sehr viel Freude an der vertrauten Arbeit, und er wurde von Tag zu Tag kräftiger. Leider endete diese Zeit sehr schnell. Bei der nächsten ärztlichen Untersuchung eröffnete ihm seine Betreuerin, daß sie ihn leider nicht mehr länger zu dem Sondereinsatz schicken dürfe, weil er jetzt gesundheitlich wieder voll arbeitsfähig sei. Die schönen Tage fanden also im August 1946 ihr Ende, und Vater wurde erneut Heizer in der Ziegelei. Er bemühte sich nach Kräften, sein Soll zu erfüllen, um wenigstens einigermaßen ausreichendes Essen zu erhalten.

Eines Vormittags drang zu Vater, der an seinem Ofen arbeitete, ein lautes Geschrei aus dem Hof der Ziegelei. Er sah hinaus und bemerkte einen etwa achtzehn Jahre alten Jungen, der auf einen stillgelegten Schornstein des Werkes geklettert war. Vater lief in den Hof und hörte dort, daß der Junge bei Kriegsende als Hitlerjunge in Gefangenschaft geraten war. Heute hatte er aus der Heimat nach langem Warten die Nachricht erhalten, daß seine Familie im Ruhrgebiet am Ende des Krieges bei einem Bombenangriff umgekommen war.

Nun hatte er die Nerven verloren und wollte sich vom Schornstein stürzen. Er war inzwischen schon beim letzten Drittel des langen Schornsteins angekommen, und keiner der Plennys, die im Hof standen und das Ereignis lautstark diskutierten, rührte sich, um dem jungen Menschen zu helfen. Alle starrten nach oben und warteten, wie das Unternehmen weitergehen würde.

Vater überließ seiner Vertretung den Platz am Ofen und rannte zum stillgelegten Ziegeleigebäude hinüber. Er rief zum Jungen hinauf, er solle keine Dummheiten machen, und begann ebenfalls, den Schornstein hinaufzuklettern. Die anderen, die ihn zurückhalten wollten, stieß er mit dem Fuß weg. Ununterbrochen redete Vater auf den Jungen ein und setzte dabei seine Füße von einer Steige in die andere. So kam er während des Redens dem Jungen immer näher. Was er alles sagte, wußte er nachher selbst nicht mehr, aber der Junge hielt an der Spitze des Schornsteinrandes inne und sah auf Vater herab, der sich mühsam näherte. Die Tränen rannen über sein ausgezehrtes Gesicht, und er verharrte stumm, ohne eine Antwort zu geben, an der Spitze des langen Schornsteins und starrte wie hypnotisiert auf Vater, der immer näher zu ihm herankletterte. Endlich hatte er die Strecke überwunden und bekam die Beine des Jungen zu fassen. Noch immer redete er auf ihn ein und versuchte, so gut es ging, zu trösten.

Ihm standen selbst die Tränen in den Augen, als er zu dem jungen Menschen dort oben hinaufblickte und sich an dessen Bein festklammerte. Nach einiger Zeit beruhigte sich der Junge und löste sich aus seiner Erstarrung. Endlich trat er gemeinsam mit Vater vorsichtig den Rückweg an. Vater war überglücklich über den Erfolg und nahm den jungen Mann unten fest in seine Arme. Die Lagerleitung, die sich inzwischen am Platz des Dramas eingefunden hatte, nahm den Jungen mit ins Büro, während Vater an seinen Ofen zurückkehrte. Einige Tage später wurde der Junge mit dem nächsten Transport in die Heimat entlassen. Man hatte in diesem Fall sehr human reagiert.

Kurz vor Weihnachten des Jahres 1946 bekam Vater, den wir durch den Suchdienst des Roten Kreuzes gefunden hatten, die erste Post von uns. Mutter hatte die vorgeschriebene Karte vom Roten Kreuz ausgefüllt und sofort an die gleiche Anschrift einen Brief gesandt, in den sie eine Fotografie von sich und mir aus der letzten Zeit hineinlegte.

Sie meinte: »Wenn Vater den Brief nicht bekommt, dann ist es auch nicht schlimm. Doch versuchen will ich es.«

Obwohl es verboten war, den Gefangenen etwas anderes als die vorgedruckten Karten zu senden, kam der Brief bis zu Vater durch, während er die Karte nie erhielt. Er freute sich unbändig über das Bild und die Zeilen und darüber, daß seine Lieben noch lebten. Während der nächsten ärztlichen Routineuntersuchung zeigte Vater die Fotografie der jungen Ärztin, die ihn so gut betreut hatte.

Diese betrachtete das Bild und gab es ihm mit den Worten zurück: »Oh, moj boshe, moj boshe, was für eine schöne Frau und Tochter!«

Dann versprach sie ihm in gebrochenem Deutsch, daß sie versuchen wolle, ihn so weit zu bringen, daß er zu seinem Geburtstag am 27. Juli zu Hause sein könne. Er müsse sie jedoch dabei unterstützen. Vater sah sie ungläubig an, versprach ihr aber natürlich jede mögliche Unterstützung, obwohl ihm schleierhaft war, wie sie das wohl anstellen wollte. Sie riet ihm dringend, in Zukunft so wenig Nahrung wie möglich zu sich zu nehmen, damit er wieder abmagerte.

Vater aß daraufhin kaum noch etwas und wurde durch die schwere Arbeit am Ofen ständig schwächer. Kurz nach Weihnachten wurde er nachtblind und konnte den Dienst in der Ziegelei nicht mehr verrichten. Er wurde für Arbeiten außerhalb des Lagers eingeteilt. Die Wachtposten führten ihn und seine Leidensgenossen jeden Tag in eine Lehmkuhle vor den Toren des Lagers. Die Kriegsgefangenen mußten den gefrorenen Lehm, der zur Ziegelherstellung gebraucht wurde, mit Spitzhacken aus dem Erdboden hacken, obwohl sie sich kaum noch auf den Beinen halten konnten.

Als Vater eines Abends bei der Rückkehr ins Lager in den Stacheldraht, den er nicht gesehen hatte, lief, wurde er wegen Dystrophie endlich ins Lazarett gebracht. Die Ärztin nahm sich seiner an, doch trotz aller Bemühungen war es ihr nicht möglich, seine Entlassung zu erreichen. Verzweifelt schmiedete Vater aufs neue Fluchtpläne, und als er sich einigermaßen erholt hatte, fand er in einem ebenfalls im Lazarett liegenden Feldwebel einen Gleichgesinnten. Sie wollten diesmal versuchen, über die Türkei zu entkommen. Die beiden berauschten sich an ihren Plänen, und als Vater das Lazarett wieder verlassen mußte, um eine Baracke zu streichen, schworen sie sich, ihr Vorhaben zu verwirklichen, sobald sich die Möglichkeit dazu bot.

Es sollte jedoch nicht mehr soweit kommen. Während Vater an der Baracke arbeitete, erfuhr er von einem deutschen Lageraufseher, daß er in ein Straflager verlegt werden sollte. Die Verlegung war auf Grund seines gescheiterten Fluchtversuches beschlossen worden. Der Mann erzählte, daß eine bestimmte Anzahl von Gefangenen für ein Straflager abgestellt werden müsse, und daß die Gefangenen, die sich eine Straftat hatten zuschulden kommen lassen, zuerst ausgesucht würden. Vater wäre vorgesehen, doch seine Akte war noch nicht herausgenommen worden. Das würde sicher in den nächsten Tagen geschehen.

Vater war ratlos und verzweifelt. Der Aufseher, der auch Zugang zu den Büroräumen hatte, riet ihm zu versuchen, in das Büro einzudringen. Er erklärte Vater, wo sich die Akten über die Gefangenen befanden, und beschwor ihn, wenn er einen Versuch zu seiner Rettung unternehmen wolle, sich zu bemühen, an seine Akte heranzukommen und diese zu vernichten. Er zeigte ihm, wie der Name Fink auf russisch geschrieben wurde und versprach, ihn bei passender Gelegenheit in das Büro einzuschließen, damit er sein Glück versuchen konnte. Eile tat jedoch dringend not. Die Gespräche hatten unauffällig zu verschiedenen Zeiten stattgefunden, der Mann durfte sich Vater nicht allzuoft nähern, um sich nicht selbst verdächtig zu machen. Am nächsten Tag ergab sich gegen Mittag die Gelegenheit, daß Vater mit dem Bewacher für kurze Zeit allein war. Die Büros waren leer, da die Angestellten bereits das Kasino aufgesucht hatten. Der Aufseher schloß Vater in den Raum ein, in dem die Akten untergebracht waren, und entfernte sich rasch. Er ging zu den anderen, um ein Alibi zu haben, falls doch jemand Verdacht schöpfte. Vater suchte fieberhaft zwischen den vielen Ordnern den Namen Fink, der wie Punk aussehen sollte. Es kam ihm wie eine Ewigkeit vor, bis er ihn endlich entdeckte. Er schlug die Akte auf, und sein Ausweis mit einer Fotografie, die ihn als abgezehrten Kriegsgefangenen zeigte, fiel ihm entgegen. Er konnte nicht umhin, das Bild aus dem Ausweis zu reißen und es in seiner Jackentasche zu verstecken. Die Mappe mit den Unterlagen versteckte er sorgfältig unter seinem Arbeitszeug.

Über dem Lager herrschte noch Mittagsruhe, so daß Vater, nach vorsichtigem Peilen der Lage, wieder aus dem Fenster klettern und den Raum verlassen konnte. Er ging sofort zurück an seine Arbeit bei der Baracke und griff zum Pinsel, denn für die Gefangenen gab es keine Mittagsruhe. Sobald sich die Gelegenheit bot, verließ er seine Arbeit, um die Akte in die Latrine zu werfen. Ihm fiel ein Stein vom Herzen, als sie in der dicken Masse versank. Wenn die wenigen alten Lagerinsassen nun dichthielten, könnte man ihm nichts mehr nachweisen. Die Lagerleitung hatte in der Zwischenzeit mehrfach gewechselt, und ohne Unterlagen war keiner der russischen Offiziere in der Lage, sich an seine Flucht zu erinnern. Innerhalb kurzer Zeit wurde er einige Male zur Lagerleitung gerufen und nach seinen Personalien gefragt. Er gab die Daten genau an, klammerte jedoch die Fluchtzeit sorgfältig aus. Als ihn ein Russe fragte, wo seine Akte geblieben wäre, meinte er arglos, aber mit Herzklopfen, das könne er doch nicht wissen, da er ja nie eine Akte in die Hand bekommen hätte.

Als schließlich die bedauernswerten Gefangenen, die ins Arbeitslager nach Sibirien transportiert werden sollten, ausgesucht wurden, stellte sich heraus, daß sich Vaters riskanter Einsatz gelohnt hatte. Er wurde nicht mit aufgerufen. Das kleine Bild hatte er sorgfältig in seiner Kleidung versteckt. Er hütete es wie einen Schatz und nahm es später mit in die Heimat.

Nachdem die Malerarbeiten beendet waren, fragte ihn die Ärztin, ob er gut essen könne. Er war ja noch immer in der Rehabilitation und damit dem Lazarett unterstellt. Vater antwortete, wenn er nur genügend hätte, dann könne er auch gut essen. Die Ärztin teilte ihn daraufhin der Küchenbelegschaft des Kasinos zu und riet ihm, dort soviel zu essen, wie er nur vertragen könne. Vater befolgte diesen Rat nur zu gern, und wenn er Gemüse putzen und Kartoffeln schälen mußte, dann bediente er sich reichlich an den rohen Speisen. Der Koch sah mit Erstaunen, wie sein schmaler Küchengehilfe rund und rosig wurde, doch er nahm's gelassen hin. Es dauerte keine fünf Wochen, da mußte die Ärztin Vater wieder voll arbeitsfähig schreiben, und die Herrlichkeit in der Küche war zu Ende. Seine alte Arbeit als Heizer in der Ziegelei hatte ihn wieder.

Bei der nächsten Kontrolluntersuchung riet ihm die Ärztin nun, sehr wenig zu essen. Vater aß also nach der guten Zeit in der Küche wieder nur die Hälfte des wenigen, das er zugeteilt bekam. Es kostete ihn zunächst große Überwindung, doch wenn er daran dachte, daß er dadurch vielleicht bald nach Hause kommen könnte, hielt er durch. Es dauerte tatsächlich nicht lange, da kam Vater mit einer schweren Dystrophie wiederum ins Lazarett. Es war jetzt schon Mai 1947, und die Ärztin nahm sich Vater nochmals gründlich vor. Sie sagte ihm, wenn er zu seinem Geburtstag zu Hause sein möchte, wie sie ihm versprochen hatte, dürfe er jetzt unter keinen Umständen mehr anfangen, stark zu essen. Er würde sich dann sofort wieder erholen, und die Chance wäre vertan. Sie gab ihm gute Medikamente, doch er mußte weiterhin sehr leidend aussehen.

So schwer es Vater fiel, diese Anweisung zu befolgen, er hielt durch, und der Engel in Menschengestalt erreichte tatsächlich, daß der Antrag auf Entlassung Vaters wegen schwerer Distrophie genehmigt wurde. In vierzehn Tagen könne er die Heimreise antreten, wurde ihm im Lazarett mitgeteilt. Vater wagte es nicht, an sein Glück zu glauben. Als die Zeit immer näher rückte, ängstigte er sich, daß noch etwas Unvorhergesehenes dazwischen kommen könnte. Er fühlte sich vor Unruhe und Verzweiflung elender als je zuvor. Aber es blieb dabei. Mitte Juli durfte er endlich die Heimreise antreten, zusammen mit einigen anderen Kranken. Die Ärztin ermahnte alle ihre Patienten, unterwegs mit dem Essen maßzuhalten, und verabschiedete sich herzlich von ihren Sorgenkindern.

Bei Antritt der Heimreise erhielt jeder Soldat zwei Kilo klebriges Brot. Die ausgehungerten Männer stürzten sich zum Teil auf das Essen, das für die ganze Reise reichen sollte, und nur wenige erinnerten sich an die warnenden Worte der Ärztin. Vater wäre auch gern wieder einmal richtig satt geworden, doch er wollte seine Gesundheit nicht mehr aufs Spiel setzen und teilte sich das Brot sofort in kleine Stückchen ein. Nur ab und zu aß er davon ein Häppchen, wie auch einige andere Kameraden. Als der Zug nach einigen Tagen Fahrt in Frankfurt (Oder) hielt, mußten leider vier tote Leidensgenossen ausgeladen werden. Sie waren unterwegs unter gräßlichen Schmerzen gestorben, so kurz vor ihrem heißersehnten Ziel. Vater hielt sich weiterhin eisern an seine Essensgewohnheit. Die Freude auf das bevorstehende Wiedersehen mit Frau und Tochter hielt ihn auf den Beinen. Er stand kurz vor einem Zusammenbruch, als er endlich Blomberg, die neue Heimat seiner Lieben am 26. Juli 1947 erreichte – wie versprochen, einen Tag vor seinem 45. Geburtstag.

Er war zu einem Skelett abgemagert, und ich konnte seine Oberschenkel mit einer Hand umfassen. Wir alle waren überglücklich, endlich wieder in Freiheit vereint zu sein, auch wenn wir vorerst nicht in unsere geliebte Heimat zurückkonten. Dieser wiederzusehen und dort leben zu können, stellten wir uns als den Gipfel des Glücks vor. Doch die Polen hatten inzwischen die restlichen Deutschen, die an der Flucht nicht teilgenommen und hoffnungsvoll in ihrer Heimat ausgeharrt hatten, rigoros in den Westen vertrieben. Sie wurden dabei nochmals nach Strich und Faden ausgeplündert und kamen vollkommen verarmt und zum Teil geschändet im Westen an. Polen machte für alle Ausgewiesenen und Flüchtlinge die Grenzen dicht und gestattete nicht einmal, daß wir unsere Heimat als Tourist wiedersehen durften. Es blieb uns also nichts anderes übrig, als uns zunächst in unserer neuen Heimat, so gut es ging, einzurichten. Dabei half es uns sehr, daß wir nun wieder zusammen waren.

– E N D E –